PALAVRAS DE UM HOMEM DE FÉ

PALAVRAS DE UM HOMEM DE FÉ

Félicité de Lamennais

Prefácio e notas
ANDRÉ DERVAL
Tradução
MARINA APPENZELLER

Martins Fontes
São Paulo 1998

Título original: PAROLES D'UN CROYANT
Copyright © Livraria Martins Fontes Editora Ltda.,
São Paulo, 1998, para a presente edição.

1ª edição
março de 1998

Tradução
MARINA APPENZELLER

Revisão da tradução
Ivone Castilho Benedetti
Revisão gráfica
Eliane Rodrigues de Abreu
Ana Maria de Oliveira Mendes Barbosa
Produção gráfica
Geraldo Alves
Paginação/Fotolitos
Studio 3 Desenvolvimento Editorial
Capa
Katia Harumi Terasaka

Dados Internacionais de Catalogação na Publicação (CIP)
(Câmara Brasileira do Livro, SP, Brasil)

Lamennais, Félicité Robert de, 1782-1854.
 Palavras de um homem de fé / Félicité de Lamennais ; prefácio e notas André Derval ; tradução Marina Appenzeller. – São Paulo : Martins Fontes, 1998. – (Clássicos)

Título original: Paroles d'un croyant.
ISBN 85-336-0833-0

1. Socialismo cristão I. Derval, André. II. Título. III. Série.

98-0484   CDD-335.7

Índices para catálogo sistemático:
1. Socialismo cristão   335.7

Todos os direitos para a língua portuguesa reservados à
Livraria Martins Fontes Editora Ltda.
Rua Conselheiro Ramalho, 330/340
01325-000 São Paulo SP Brasil
Tel. (011) 239-3677 Fax (011) 605-6867
e-mail: info@martinsfontes.com
http://www.martinsfontes.com

Prefácio

Em abril de 1834, no auge da agitação social na França – as recentes insurreições em Paris e em Lyon foram marcadas por um banho de sangue –, os funcionários da tipografia Plassan abandonam seus caixotins para ouvir um deles declamar com entusiasmo o texto da cópia que tem em mãos. Esse episódio pouco comum não passa de um mero prelúdio da repercussão extraordinária que o texto de *Palavras de um homem de fé* terá quando de sua publicação. "É preciso ter visto o efeito mágico desse livro para saber que poder existe em semelhante jato de pensamentos. Parecia um raio a iluminar todos os horizontes ao mesmo tempo", escreverá Ange Blaize, sobrinho e turiferário do autor, o abade Félicité de Lamennais. Oito edições francesas (das quais uma é popular, publicada em setembro) esgotaram-se em um ano, e em curto prazo publicam-se traduções inglesas, alemãs, polonesas, espanholas, portuguesas, holandesas e italianas. Chateaubriand exclama: "Mas afinal o que esse padre tenciona? Está abrindo um clube debaixo de um campanário." Em 11 de maio, um amigo parisiense confia ao escritor: "O Conselho de Ministros reuniu-se, e discutiu-se durante duas horas se o autor e a obra seriam processados. Guizot era favorável a um julgamento. De Rigny era contrário, não que não achasse a obra execrável, mas porque temia o escândalo e a inutilidade de um julgamento." Segundo se dizia, era um barrete vermelho plantado na cruz. O Apocalipse de Satã. Babeuf narrado por Ezequiel. Passa a circular uma curiosa *Epístola de Lúcifer a Lamennais*: "Era uma preparação para transformar-te num pequeno profeta." Finalmente, em 7 de julho, o papa encaminha ao episcopado a encíclica *Singulari nos*, que condena *Palavras de um homem de fé*, "em que, por um abuso ímpio da palavra de Deus, os povos são criminosamente conduzidos a romper os laços com a ordem pública, a derrubar ambas as autoridades, a excitar, a alimentar, a estender e a fortalecer as sedições nos impérios, as perturbações e as rebeliões; é um livro que encerra, por conseguinte, proposições respectivamente falsas, caluniosas, temerárias, conducentes à anarquia, contrárias à palavra de Deus, ímpias, escandalosas, errôneas, já condenadas pela Igreja, em especial nos valdenses, wycliffistas, hussitas e outros hereges dessa espécie". O decreto não permite apelação, Lamennais é declarado apóstata. Alguns anos antes, ele confessava Victor Hugo, Sainte-Beuve, Lamartine e outras personalidades parisienses nos *Feuillantines**. Para compreender essa reviravolta, com certeza é necessário acompanhar a opinião de Jean Larocque em seu prefácio às *Palavras*, de 1890: "A eloqüência de seu panfleto não poderia ser digerida a frio; para julgá-la, é necessário reportar-se aos

....
* Clubes políticos nascidos de uma divisão dos jacobinos em 1791; sua primeira sede foi num convento dos cistercienses *feuillants*. (N. do T.)

entusiasmos e às ilusões da época agitada da qual continua sendo a expressão mais fiel. É mais uma obra de emoção que de razão." No entanto, para julgar ainda melhor, seria preciso examinar toda a trajetória de Lamennais.

Lamennais nasceu em Saint-Malo, "a cidade corsária", em 19 de junho de 1782, na rua Saint-Vincent, não longe da morada natal de Chateaubriand. Pierre-Louis Robert, seu pai, é um armador rico agraciado com um título de nobreza por Luís XVI como recompensa por um ato de abnegação quando a fome castigou Saint-Malo. O nome La Mennais[1] provém de uma fazenda que ele possuía na comuna de Trigavou. Casara-se com a filha de um senescal de Saint-Malo, a senhorita Lorin, que, como o marido, era profundamente piedosa e revelava excelente cultura. Félicité é uma criança fechada, melancólica, que manifesta orgulho excessivo e repugnância indubitável pela leitura. Graças a seu tio materno, Robert des Saudrais, tradutor eventual de Horácio, adquire contudo – e precocemente – amplo conhecimento dos textos filosóficos franceses, de Voltaire a Rousseau e Montesquieu, sentindo em seguida enorme atração por matemática. Quando do advento da Revolução Francesa, esta assume feições particularmente sangrentas em Saint-Malo, multiplicam-se os ataques contra os padres, que passam a oficiar clandestinamente. O pai de Lamennais acolhe o abade Vielle, cujas missas celebradas no celeiro da morada familiar impressionam bastante o jovem Félicité. Sabe-se pouco sobre esse período da vida de Lamennais, e o pouco que se sabe contradiz regularmente a reputação descuidada e doentia, "sórdida", de Lamennais adulto e escritor[2]: Félicité pratica esportes violentos, nada com impetuosidade, caça patos nos pântanos e trava duelos.

Alguns cadernos encontrados fornecem até mesmo uma imagem licenciosa do Lamennais da época. Félicité prossegue seus estudos graças ao irmão mais velho, Jean-Marie, que, tendo-se tornado padre, "converte" Félicité quando o século XIX se inicia. Este recebe a Comunhão solene aos vinte e dois anos, juntamente com outros jovens da melhor sociedade de Saint-Malo... Faz retiros regulares em La Chênaie, propriedade da família perto de Dinan, à beira da floresta de Coëtquen. "Espécie de oásis em meio às estepes da Bretanha. Diante do castelo, estende-se um vasto jardim, com um terraço coberto de tílias e uma capelinha", relata em 1832 o escritor Maurice de Guérin, um dos discípulos do escritor, acrescentando: "É raro encontrar um horizonte um pouco amplo e, quando o encontramos, é a imensa uniformidade que a superfície das florestas apresenta; as árvores cinzentas perdem-se no céu cinzento [...] A capela assenta bem na solidão. Como a paróquia é afastada demais, ali celebramos uma missa baixa aos domingos e nas festas." É ali que Lamennais vai escrever *Palavras de um homem de fé*. Com seu irmão Jean-Marie, redige *Réflexions sur l'état de l'Église en France pendant le dix-huitième siècle et sur sa situation actuelle* [Reflexões sobre o estado da Igreja na França no século XVIII e sobre sua situação atual] (1813), no prelo quando o imperador é excomungado pelo papa; e *La tradition de l'Église sur l'institution des évêques* [Tradição da Igreja sobre o bispado] (1813), voltada contra os prelados constitucionais, mais amplamente contra o galicanismo e o jansenismo, com sinais precursores de ultramontanismo, estipulando a submissão incondicional ao papa. Depois de ser empregado como professor de matemática, recebe, a conselho do irmão, a tonsura e as ordens menores em 1809, em Rennes. É acometido então por uma longa crise depressiva, que o faz hesitar quanto à conduta que deve adotar, ou seja, entrar para as ordens maiores para ser ordenado padre, como se abre por carta a seu irmão: "Não posso dizer que estou me aborrecendo, não posso dizer que estou ocioso; não posso dizer que estou trabalhando. A vida, porém, passa em uma espécie de meio vago entre todas essas coisas, com uma tendência bem forte a uma indolência de espírito e de corpo que é mais triste, amarga e extenuante do que muitos trabalhos, e quase insuperável"; ou ainda: "Habitualmente encontro-me no estado que os ingleses chamam *despondecy*, em que a alma fica sem energia moral e como que oprimida por si mesma. Talvez ela se reerguesse um pouco se eu tivesse mais clareza sobre meu destino. Esta pobre alma esmorece e esgota-se entre duas vocações incertas, que se atraem e rejeitam alternadamente." Em 1815, acreditando-se ameaçado pela volta de Napoleão da ilha de Elba, Lamennais embarca para a Inglaterra; lá, sob a influência do abade Carron, esmoler dos emigrados, decide tornar-se padre. Após a queda do imperador, Lamennais se estabelece em Paris, onde, confessa, durante sua primeira missa, "ouviu muito distintamente uma voz interior que [lhe] dizia: *Chamo-te para carregar minha cruz, apenas minha cruz, não te esqueças*". Não há dúvida de que toda a ambivalência das posições de Lamennais está contida no caráter interior dessa voz.

A instalação em Paris, num alojamento bem modesto, sempre sob os cuidados do abade Carron, proporcionou-lhe a oportunidade de escrever sua primeira obra destinada a um grande sucesso (40 mil exemplares vendidos em alguns meses, *L'essai sur l'indifférence en matière de religion* [Ensaio sobre a indiferença em matéria de religião], cujos quatro tomos foram publicados entre 1817 e 1823. A intenção – na linha ultramonarquista – é "espiritualizar, curar e moralizar de maneira cristã uma sociedade que passou do materialismo à indiferença". Ao mesmo tempo, redige artigos para os jornais legitimistas *Le conservateur*, *Le défenseur* ou *Le drapeau blanc*, onde ataca o galicanismo e o ensino ministrado nos colégios e na Universidade (isso valerá a prisão ao diretor de *Le drapeau blanc* em 1823). Também nessa época se constitui e fortalece o que se chamará escola mennaisiana, estabelecida em La Chênaie, para onde Lamennais se retira sempre que lhe é permitido. Ali acolhe, subjugados por seu entusiasmo entrecortado por depressões súbitas, jovens padres formados em Malestroit por seu irmão Jean-Marie, aos quais irão juntar-se alguns escritores, o polemista Henri Lacordaire e mais tarde o conde Charles de Montalembert, par de França aos vinte anos. Em 1824, funda o *Mémorial catholique* [Memorial católico], publicação mensal destinada a divulgar as doutrinas ultramontanas e que acolhe os primeiros textos de Lacordaire; em seguida vai a Roma, onde recebe o apoio do papa Leão XII e provavelmente uma proposta de cardinalato, que não aceita. *De la religion, considérée dans ses rapports avec l'ordre politique et civil* [Da religião, considerada em suas relações com a ordem política e civil] é editado em 1826 nos escritórios do *Mémorial catholique*; nela Lamennais continua a denunciar "o dogma ateu da soberania primitiva e absoluta do povo [a democracia]", mas critica igualmente a colusão entre clero e Estado[3]: a obra é recolhida e destruída, e Lamennais condenado a trinta francos de multa.

Em maio de 1828, o *Mémorial* constitui uma "Associação para a defesa da religião católica", a partir do modelo da *Catholic Association* do irlandês Daniel O'Connell, que o parlamento inglês tentou em vão interditar. Em *Progrès de la Révolution et de la guerre contre l'Église* [Progresso da Revolução e da guerra contra a Igreja] (1829), Lamennais ataca com violência o ensino nacional e leigo, julga despótico o governo de Carlos X e deposita finalmente sua confiança no povo, ao qual dirige esta mensagem: "Conhecereis a libertação, e a libertação vos levará à verdade." Seis mil exemplares da obra são vendidos em quinze dias. No ano seguinte, a Revolução de Julho vê lado a lado, entre os adversários do governo de Carlos X, conduzidos pelos liberais, os partidários de Lamennais, os de Saint-Simon e os de Fourier. O objetivo de Lamennais, separar o Estado da Igreja para devolver a liberdade a esta última, como fiadora da regeneração da sociedade, efetiva-se sob o governo de Luís Filipe: com essa intenção, ele funda o jornal *L'avenir* (cuja divisa é "Deus e a liberdade"), que, após inúmeras vicissitudes, é condenado pela encíclica *Mirari vos* de Gregório XVI, em julho de 1832, à qual Lamennais responde com a completa submissão.

Mais uma vez, Lamennais retira-se para La Chênaie, onde, durante o inverno de 1832-33, trabalha em diversos tratados sobre a sociedade e a filosofia. Em maio, declara a Montalembert, como resposta ao envio de fragmentos do *Livro dos peregrinos poloneses*, de Adam Mickiewicz, que aquele acaba de traduzir: "Comecei um opúsculo de gênero análogo. Como não é o tipo de coisa que precise ser feita de enfiada, talvez o prossiga se me sentir atraído." De fato, Lamennais vai terminar a redação de *Palavras de um homem de fé* em julho do mesmo ano (uma lenda comumente divulgada pretende que esse texto foi composto em uma semana "pelos bosques e ao longo das sebes"...). E, na época da publicação do *Livro dos pelegrinos poloneses,* Lamennais acrescentará um *Hino à Polônia*, que lhe valerá novas interpelações de Roma. Aparentemente foi a partir dessa data que Lamennais considerou consumada a ruptura com a Santa Sé. Durante cerca de um ano, contudo, ele hesita quanto ao destino a dar a *Palavras*, retomando muitas de suas partes. Por fim, em fevereiro de 1834, entra em contato com Sainte-Beuve[4], que se encarrega de encontrar-lhe um editor e que, na fase das provas, decidirá suprimir uma passagem particularmente acusadora com respeito à Santa Sé (v. nota 15, p. 159)[5]. *Palavras de um homem de fé* cai como um meteorito na paisagem literária da época: não se aparentando com nada de conhecido desde os textos bíblicos, concilia em espécies de cânticos a voz altissonante das reivindicações sociais com a mensagem evangélica. "Uma espécie de hino e de poesia, como sendo a mais harmoniosa e consoladora; ele escreveu em uma prosa rítmica, em versículos semelhantes aos da Bíblia e, em forma direta e às vezes de parábola, as inspirações de sua profecia[6]." Do escândalo da publicação datam muitos desafetos em torno de Lamennais: Lacordaire e Montalembert, que já havia se afastado, mas principalmente alguns íntimos de La Chênaie e seu irmão Jean-Marie, com quem a desavença se torna ainda pior devido a problemas de família. Mais isolado do que nunca, Lamennais prossegue, contudo, sem trégua um combate cada vez mais duro contra os poderes constituídos, o Estado e a hierarquia romana, pela emancipação da Igreja, ou seja, a seus olhos, a emancipação do povo e do espírito. Sua energia aumenta ainda mais, e, pouco depois, ele publica o balanço de suas relações com a Igreja Católica em uma obra intitulada *Les affaires de Rome* [Os negócios de Roma], que o afasta definitivamente de sua antiga tutela. Em 1837, assume por três meses a direção do jornal *Le Monde*, fundado no ano anterior e que mal sobrevive quando ele abandona essa função.

No ano seguinte, retoma o tom de *Palavras de um homem de fé* em *Le livre du peuple* [O livro do povo], onde o cristianismo é visto como forma passageira de religião. *L'esclavage moderne* [A escravidão moderna] (1839) retoma os termos do combate político, e nessa obra Lamennais pleiteia principalmente a ampliação do direito do voto. Lançada a polêmica, publica em outubro de 1840 um panfleto, *Le pays et le gouvernement* [O país e o governo], que lhe vale a acusação de "incitação ao ódio e ao desprezo ao rei, ataques contra o respeito devido às leis, apologia de fatos qualificados como crimes e delitos". Com quase sessenta anos, é condenado a um ano de prisão e a dois mil francos de multa. Conduzido a Sainte-Pélagie, entre as raras visitas receberá a de Chateaubriand, que testemunhara em seu favor, mas cujo luxo e afetação Lamennais criticava reservadamente. Da prisão, assiste ao lançamento do primeiro tomo de seu *Esquisse d'une philosophie* [Esboço de filosofia], estranho ensaio que tenta conciliar Santo Anselmo e Jean-Jacques Rosseau, "que se apóia no dogma da Trindade para chegar à teoria do progresso indefinido", como observou Jules Simon em *La revue des deux mondes*. *Amschaspands et Darvands* [A revista dos dois mundos. Amschaspands e Darvands] (1843) acabou de desconcertar os leitores: esse panfleto abertamente maniqueísta divide os homens de acordo com suas ações em favor da democracia. No fundo, essa obra contém páginas que prefiguram as lutas futuras do feminismo, talvez inspiradas pelo contato com George Sand.

A revolução de 1848 dá-lhe a oportunidade de lançar um novo jornal, *Le peuple constituant* [O povo constituinte], que durou quatro anos, ou seja, até o restabelecimento da caução para os jornais[7]. Eleito representante de Paris na Assembléia Constituinte, entre os moderados, junta-se aos socialistas após a derrota destes nas Jornadas de Junho. O final de sua vida é marcado por alguns trabalhos parlamentares sem grande repercussão, pela publicação de *Une voix de prison* [Uma voz da prisão], texto redigido em Sainte-Pélagie, e pela tradução da *Divina Comédia*, publicada após sua morte. Acertou os detalhes da edição póstuma de seus escritos com Eugène Forgues, a quem especificou: "Seja firme; vão tentar lográ-lo; publique tudo, sem mudanças, nem cortes." De acordo com sua vontade, Lamennais foi enterrado como civil numa fossa comum do cemitério Père Lachaise, em Paris, em fevereiro de 1854. O governo de Napoleão III decidiu proceder à inumação às oito horas da manhã, antecipando o horário sem avisar a família ou os amigos, sob a proteção de dois esquadrões de guardas a cavalo, a fim de evitar qualquer excesso. Apesar dessas precauções, ocorreu uma espécie de tumulto quando alguém, no final do cortejo, empurrou um padre que queria abençoar o apóstata em sua última morada.

A existência de Lamennais foi suficientemente permeada de elementos trágicos para que as sensibilidades do século passado a ela se ativessem com regularidade. É nele que Victor Hugo pensa quando, em 1873, pinta o retrato de Cimourdain em *Noventa e três*. Sainte-Beuve repetirá várias vezes sua descrição: "Ele está inteiramente no gládio, na ponta do gládio, e não tem escudo." Lamennais representa um enigma ao mesmo tempo religioso, filosófico e político. Seu percurso, da extrema direita ao socialismo, fez correr muita tinta, muitas vezes amarga. Henri Guillemin, que explicou o abandono dos trabalhos sobre Lamennais "por desencanto", por um "frio que não parava de aumentar e se transformava em repulsa", expôs em *Pas à pas* [Passo a passo] (1969) o resultado de suas pesquisas, e sua conclusão é de que existia uma grande duplicidade no autor de *Palavras*, cuja única preocupação teria sido preservar os privilégios da classe dominante, canalizando nessa direção a energia dos rebeldes. Essa apreciação despreza, ao que parece, um elemento determinante da evolução de Lamennais, o aspecto desmesuradamente dinâmico, hipertônico de seu pensamento, que o arrastou para além de onde desejaria. Sainte-Beuve observa em *Nouveaux lundis* [Novas segundas-feiras]: "A melhor comparação que eu conseguiria fazer de La Mennais por sua pressa de se adiantar aos tempos seria com um homem que tivesse na cabeça um relógio que soasse a hora a cada minuto. Passaram-se doze minutos, e ele acha que se passaram doze horas. A meia hora nem terminou, e ele já contou vinte e quatro horas, quando se ergue dizendo: *Chegamos ao amanhã*."[8] Lamennais foi um dos fundadores do catolicismo social[9], cuja evolução conhecemos, mas superou o em proveito de um socialismo religioso. O caráter irredutível e ferozmente individualista de Lamennais (embora ele costumasse sustentar o inverso) tinha origem na cultura autodidata adquirida num período dos mais conturbados, que não predispunha à temperança. Henri Brémond também ficou intrigado com a carreira estranha do polemista e, ao interrogar-se sobre a sinceridade de sua fé quando escreveu *Palavras de um homem de fé*, sublinha que a "obstinação que introduziu em suas idéias se explica mais pela segurança perigosa que mesmo uma conclusão falsa dá aos espíritos absolutos, quando ela lhes parece deduzida com rigor. Ele poderia repetir, após muitas outras, a exclamação de Aberlardo: *Logica me perdidit*"[10].

Correlativamente a esse juízo, que coincide com os que costumam qualificá-lo de "padre sem vocação", "filósofo medíocre", "político insensato" (Renan), deve-se reconhecer em Lamennais um verdadeiro promotor de reformas liberais, da liberdade de ensino e de associação, o que o opõe radicalmente a Bonald, para quem "nenhum Estado consegue subsistir com a liberdade de imprensa". Sobretudo, e nisso poderíamos concordar com Ernest Renan, Lamennais era dotado de um talento literário extremamente original, que estruturava em grande parte as suas tomadas de posição:

"Os escritos de Lamennais nada mais têm para nos ensinar. Ninguém tentou neles buscar lições de história, filosofia ou política, mas sua pessoa é um imenso ensinamento, um espelho da natureza humana e toda uma psicologia. [...] Aparentemente, as evoluções de seu pensamento foram apenas um pretexto para satisfazer a eterna necessidade de sua natureza, a necessidade de indignar-se por aquilo que acreditava ser o bem, chegando por uma lógica fatal à necessidade de execrar e amaldiçoar. Um mesmo sistema de ódio eloqüente aplicado aos objetos mais diversos, isso é Lamennais [...] sua unidade está em sua retórica, é sustentada pela forma e não pelo conteúdo de suas idéias; mas nele a forma é bem mais essencial do que o fundo. Ele não foi nem político, nem filósofo, nem erudito; foi um poeta admirável que obedecia a uma musa severa e sempre irritada."[11]

Mais de um século se passou depois que essa apreciação foi submetida ao público e, após um longo período de abandono de sua obra, hoje é forçoso reconhecer em Lamennais uma das vozes predominantes do romantismo francês, em cujo apogeu retumbaram *Palavras de um homem de fé*.

Agradecimentos

Esta edição deve muito aos trabalhos de erudição e de análise de Yves Le Hir, cujas opções de estabelecimento do texto acompanhamos, tendo estas sido efetuadas após o exame do manuscrito conservado na Bibliothèque Nationale e apresentadas por Armand Colin em 1949.

Cronologia

1782. Nasce, no dia 19 de junho, em Saint-Malo, França, Hugues Félicité Robert de La Mennais, filho de um rico burguês elevado à nobreza nesse mesmo ano.
1804. É batizado, aos 22 anos de idade.
1804.1805. Ensina matemática no seminário de Saint-Malo, fundado por seu irmão mais velho, Jean-Marie, que desempenhará importante papel em sua formação intelectual.
1805-1810. Passa uma temporada isolado no campo, em sua propriedade de La Chesnaye, dedicando-se ao estudo da Teologia.
1808. Recebe as ordens menores e escreve, com seu irmão, Jean-Marie, as *Réflexions sur l'État de l'Église de France pendant le XVIIIe siècle et sur sa situation actuelle*, obra proibida pela polícia do Império, por seu conteúdo antigalicano
1808-1810. Volta a ensinar matemática no seminário de Saint-Malo.
1810-1814. Novo retiro na propriedade de La Chesnaye.
1814. Publica com o irmão, Jean-Marie, *La tradition de l'Église sur l'institution des évêques*, de cunho antinapoleônico.

1815. Exílio na ilha de Guernesey, durante os Cem Dias, que vão da chegada de Napoleão a Paris (25 de março), retornando do exílio na ilha de Elba, à segunda Restauração de Luís XVIII (8 de julho). Instala-se, depois disso, em Paris.
1816. É ordenado padre.
1817. Primeiro tomo de sua grande obra, *Essai sur l'indifférence en matière de religion*, que o torna célebre, a ponto de ser tido como "o grande homem da Igreja na França".
1818-1823. Continua a publicação dessa obra.
1821. Publica *Défense de l'essai sur l'indifférence...*, em que reafirma seu antigalicanismo.
1825. Publica *De la religion considérée dans ses rapports avec l'ordre politique et social*, em que preconiza a subordinação do poder temporal (então nas mãos dos Bourbon, com Carlos X) ao catolicismo romano. A obra, que contribui para aumentar sua reputação de ultramontano, é alvo de perseguições pelo poder real.
1828. Combate as medidas tomadas por monsenhor Frayssinous, então Ministro dos Assuntos Eclesiásticos e da Instrução Pública, que restringe as atividades dos seminários, cria os colégios mistos (seminaristas e leigos) e fecha a Escola de Medicina. Reclamando total liberdade de ação para o catolicismo, começa a preconizar a separação entre Igreja e Estado, e sonha com um império mundial, sob a égide política do Papa.
1830. Funda, após a Revolução de Julho, em 16/10/1830, o jornal católico liberal *L'Avenir*, que tem entre seus redatores Lacordaire, Montalembert e Gerbet. Ultra-

montano radical, o jornal defende a liberdade de imprensa, de associação, de ensino, o sufrágio universal para as eleições municipais, a separação da Igreja e do Estado, atribuindo ao catolicismo o papel de guia da evolução política e social, mediante a ligação da Igreja com os movimentos operários.

1831. Antes de partir para Roma, onde permanecerá por oito meses na esperança de conquistar a Santa Sé para suas idéias, suspende a publicação do jornal *L'Avenir* (15/11/1831), alvo de fortes pressões, principalmente por parte do alto clero francês.

1832. Por iniciativa do bispo de Toulouse, 50 bispos franceses censuram uma série de proposições tiradas do seu *Essai sur l'indifférence*... A encíclica *Mirari vos*, do papa Gregório XVI, condena as doutrinas defendidas pelo jornal *L'Avenir*.

1832-1834. Novo retiro na propriedade de La Chesnaye.

1834. Publica *Palavras de um homem de fé*, que dedica "ao povo" e sacode fortemente a sociedade monárquico-burguesa da época. A obra é condenada pela encíclica papal *Singulari nos* (25/6/1834), mas contribui para modificar a atitude dos republicanos e dos primeiros socialistas em relação à Igreja, a que se opunham cabalmente até então por sua íntima associação com o poder monárquico. Como símbolo de sua "conversão" à democracia, passa a assinar Lamennais, em substituição ao La Mennais, de cunho aristocrático. Seu irmão Jean-Marie desaprovava a publicação dessa obra.

1836. Publica *Les affaires de Rome*, em que é consumada sua ruptura com a Igreja e sua adesão ao republicanismo. Ruptura definitiva com o irmão.

1837-1838. Publica *Le livre du peuple* (1837) e *L'esclavage moderne* (1838), em que defende os pobres e os trabalhadores em nome de um humanitarismo democrático impregnado de misticismo.

1840. Em *Le pays et le gouvernement* ataca violentamente o governo real, o que lhe vale um ano de cárcere na prisão de Sainte-Pélagie.

1848. É eleito pelas forças populares deputado da Assembléia Constituinte, oriunda da revolução de fevereiro. Dirige também o jornal *Le peuple constituant*, de que são publicados apenas uns poucos números. Desencanta-se com a República de 48 e retira-se da vida pública. Ainda assim, após o golpe de Estado de 2 de dezembro de 1851, que instaura a ditadura de Luís Napoleão Bonaparte, será objeto de constante vigilância policial.

1854. Falece em Paris, no dia 27 de fevereiro, recusando-se a receber a extrema-unção.

Ao Povo[1]

Este livro foi escrito principalmente para vós; é a vós que o ofereço. Que possa, entre tantos males que são vosso quinhão, entre tantas dores que vos abatem quase sem descanso, reanimar-vos e consolar-vos um pouco.

Ó vós, que suportais o cansaço do dia, gostaria que ele pudesse ser para vossa pobre alma extenuada aquilo que, ao meio-dia, à beira de um campo, é a sombra de uma árvore, por mais franzina que seja, para aquele que trabalhou a manhã inteira sob os raios ardentes do sol.

Viveis em tempos ruins[2], mas esses tempos passarão.

Após os rigores do inverno, a Providência traz de volta uma estação menos rude, e o pequeno pássaro abençoa em seus cantos a mão benfazeja que lhe devolveu o calor, a abundância, a companheira e o doce ninho.

Esperai e amai. A esperança tudo suaviza, o amor tudo facilita[3].

Há neste momento homens que muito sofrem porque muito vos amaram. Eu, irmão deles, escrevi o relato que vos fizeram e sobre que contra eles fizeram em virtude disso; e quando a violência se desgastar por conta própria, publicarei tudo isso, e vós o lereis com prantos menos amargos e amareis também esses homens que tanto vos amaram[4].

Hoje, se vos falasse de seu amor e de seus sofrimentos, jogar-me-iam com eles nas masmorras.

E a elas eu desceria com grande júbilo, se com isso pudesse aliviar um pouco a vossa miséria; mas com isso não obteríeis nenhum alívio, e daí ser preciso esperar e orar a Deus para que abrevie a provação.

Agora são os homens que julgam e decretam: logo será ele que julgará. Bem-aventurados os que virem sua justiça!

Estou velho: ouvi as palavras de um ancião.

A terra está triste e seca, mas reverdecerá. O hálito do malvado não irá pairar eternamente sobre ela qual sopro ardente.

O que está sendo feito, a Providência quer que seja feito para vossa instrução, para aprenderdes a ser bons e justos quando vossa hora chegar[5].

Quando os que abusam do poder tiverem passado pela vossa frente como a lama dos riachos em dia de tormenta, compreendereis que somente o bem perdura e temereis conspurcar o ar que o vento celeste tiver purificado.

Preparai vossas almas para esse dia, pois ele não está longe, aproxima-se.

Cristo, crucificado por vós, prometeu libertar-vos.

Acreditai em sua promessa, e, para apressar sua realização, reformai o que necessita de reforma, exercitai-vos em todas as virtudes e amai-vos uns aos outros assim como o Salvador da raça humana vos amou até a morte.

I

Em nome do Pai, do Filho, do Espírito Santo, amém[1].

Glória a Deus nas alturas e paz na terra aos homens de boa vontade.

Que aquele que tem ouvidos ouça; que aquele que tem olhos, abra-os e observe, pois os tempos se aproximam.

O Pai gerou o Filho, a palavra, o Verbo, e o Verbo fez-se carne, e habitou entre nós; veio ao mundo, e o mundo não o conheceu.

O Filho prometeu enviar o Espírito consolador, o Espírito que procede do Pai e dele, e que é seu amor recíproco: ele virá e renovará a face da terra, e será como uma segunda criação[2].

Há dezoito séculos, o Verbo espalhou a semente divina, e o Espírito Santo a fecundou. Os homens viram-na florescer, saborearam alguns de seus frutos, frutos da árvore da vida de novo plantada na pobre morada dos homens.

Digo-vos que entre eles foi grande o júbilo quando viram a luz surgir, e todos sentiram-se penetrados pelo fogo celeste[3].

Hoje a terra tornou a ser tenebrosa e fria.

Nossos pais viram o sol declinar. Quando ele desceu por trás do horizonte, toda a raça humana estremeceu. Depois houve nessa noite algo que não tem nome. Filhos da noite, o poente está negro, mas o oriente começa a aclarar-se[4].

II

Aguçai os ouvidos e dizei-me de onde vem esse ruído confuso, vago, estranho, que se ouve de todos os lados.

Pousai a mão sobre a terra e dizei-me por que ela estremece.

Algo que não conhecemos agita-se no mundo: aí está uma obra de Deus.

Não estamos todos à espera? Haverá algum coração que não esteja batendo?

Filho do homem, sobe às alturas e dize o que vê[1].

Vejo uma nuvem lívida no horizonte, e, em torno dela, um clarão vermelho como o reflexo de um incêndio.

O que mais vês, filho do homem?

Vejo o mar a erguer suas ondas, e as montanhas a agitar seus cimos.

Vejo que os rios mudam de curso, que as colinas vacilam e, caindo, atulham os vales.

Tudo oscila, tudo se move, tudo adquire novo aspecto.

Filho do homem, o que mais vês?

Vejo turbilhões de poeira ao longe, e eles giram em todos os sentidos, e chocam-se, mesclam-se e confundem-se. Passam por sobre as cidades e, depois que passaram, só se vê a planície.

Vejo os povos erguer-se em tumulto e os reis empalidecer sob seus diademas. A guerra está entre eles, uma guerra mortal.

Vejo um trono, dois tronos despedaçados, e os povos espalham seus destroços sobre a terra[2].

Vejo um povo a combater, como o arcanjo Miguel combateu Satã. Seus golpes são terríveis, mas ele está nu, e seu inimigo está coberto por espessa armadura.

Ó Deus! ele tomba; foi mortalmente atingido. Não, só está ferido; Maria, a Virgem Mãe, envolve-o com seu manto, sorri-lhe e afasta-o por algum tempo do combate[3].

Vejo um outro povo lutar sem trégua e de tempos em tempos haurir novas forças nessa luta. Esse povo carrega o sinal de Cristo no coração[4].

Vejo um terceiro povo, que foi espezinhado por seis reis, e, sempre que se insurge, seis punhais são enfiados em sua garganta[5].

Vejo num vasto edifício, bem alto no ar, uma cruz que mal distingo, porque coberta por véu negro[6].

Filho do homem, o que mais vês?

Vejo o Oriente a turvar-se em si mesmo. Contempla o ruir de seus palácios antigos, a pulverização de seus velhos templos, e ergue os olhos como para buscar outras grandezas e outro Deus[7].

Na direção do Ocidente, vejo uma mulher de olhar altivo, fronte serena, traçar com mão firme um sulco ligeiro, e por onde a relha passa erguem-se gerações humanas que a invocam em suas orações e a abençoam em seus cânticos.

No Setentrião vejo homens a quem só resta um pouco de calor concentrado na cabeça, calor que os inebria; mas Cristo os toca com a cruz, e o coração começa a bater.

No Sul, vejo raças prostradas sob não sei que maldição: um jugo pesado as oprime, elas caminham curvadas: mas Cristo as toca com a cruz, e elas se reerguem.

Filho do homem, o que mais vês?

Ele não responde; clamemos de novo.

Filho do homem, o que vês?

Vejo que Satã está fugindo, e que Cristo, cercado de anjos, vem para reinar.

III

E fui transportado em espírito para os tempos antigos, e a terra era bela, e rica, e fecunda; e seus habitantes viviam felizes, pois viviam como irmãos.

E vi a Serpente esgueirar-se entre eles: fixou em muitos seu olhar poderoso, e a alma deles perturbou-se, e eles aproximaram-se, e a Serpente sussurrou-lhes ao ouvido.

E após ouvirem a palavra da Serpente, ergueram-se e disseram: Somos reis.

E o sol empalideceu, a terra adquiriu coloração fúnebre, como a da mortalha que envolve os mortos.

E ouviu-se um murmúrio surdo, um longo lamento, e no fundo do coração todos tremeram.

Em verdade vos digo, foi como no dia em que o abismo rompeu seus diques e em que se despejou o dilúvio das grandes águas.

O Medo foi de cabana em cabana, pois palácios ainda não havia, e a cada um disse coisas secretas que lhes provocaram arrepios.

E os que haviam dito: Somos reis, empunharam suas espadas e acompanharam o Medo de cabana em cabana.

E mistérios estranhos aconteceram; e houve grilhões, pranto e sangue.

Amendrontados, os homens exclamaram: O assassínio voltou ao mundo. E foi só isso, pois o Medo transira-lhes a alma e impedia os movimentos de seus braços

E deixaram-se acorrentar, a si, a suas mulheres e a seus filhos. E aqueles que haviam dito: Somos reis, escavaram uma grande caverna, e ali encerraram toda a raça humana, assim como se encerram animais num estábulo[1].

E a tormenta afungentava as nuvens, e o trovão ribombava, e ouvi uma voz que dizia: a Serpente venceu pela segunda vez, mas não para sempre.

Depois disso, só ouvi vozes confusas, risos, soluços, blasfêmias.

E compreendi que deveria haver um reino de Satanás antes do reino de Deus. E chorei e esperei.

E a visão que tive era verdadeira, pois o reino de Satanás realizou-se, e o reino de Deus se realizará também; e os que disseram: Somos reis, serão por sua vez encerrados na caverna com a Serpente, e a raça humana dali sairá; e, para ela, será como um novo nascimento, como a passagem da morte à vida. Que assim seja[2].

IV

Sois filhos de um mesmo pai, e a mesma mãe vos amamentou; por que então não vos amais uns aos outros como irmãos? E por que vos tratais antes como inimigos?

Aquele que não ama seu irmão é sete vezes maldito, e aquele que transforma o irmão em inimigo é setenta vezes sete maldito.

É por isso que foram malditos os reis e os príncipes, e todos aqueles que o mundo chama de grandes: não amaram seus irmãos e trataram-nos como inimigos.

Amai-vos uns aos outros, e não temereis nem os grandes, nem os príncipes, nem os reis.

Eles só têm força contra vós porque não estais unidos, porque não vos amais uns aos outros como irmãos.

Não digais: Aquele é de um povo, e eu sou de outro povo. Pois todos os povos tiveram o mesmo pai sobre a terra, Adão, e têm no céu o mesmo pai, que é Deus.

Se um membro é atingido, todo o corpo sofre. Sois todos um mesmo corpo: não é possível oprimir um de vós sem que todos sejam oprimidos[1].

Se um lobo se lança sobre um rebanho, não o devora todo de imediato: pega um cordeiro e come-o. Quando lhe volta a fome, pega um outro e come-o, e assim até o último, pois a fome sempre lhe volta.

Não sejais como os cordeiros que, se o lobo captura um, sentem medo por um momento e em seguida tornam a pastar. Pois, pensam, talvez ele se contente com a primeira ou com a segunda presa: e por que deveria me preocupar com aqueles que o lobo devora? No que isso me atinge? Sobrará mais pasto para mim.

Em verdade vos digo: Os que assim pensam dentro de si estão marcados para ser o pasto da besta que vive de carne e sangue.

V

Quando virdes um homem sendo conduzido à prisão ou ao suplício, não vos apresseis em dizer: É um homem malvado, que cometeu um crime contra os homens.

Pois talvez seja um homem de bem, que quis servir aos homens e que por isso está sendo punido por seus opressores.

Quando virdes um povo todo acorrentado e entregue ao carrasco, não vos apresseis em dizer: É um povo violento, que queria perturbar a paz da terra.

Pois talvez seja um povo mártir, que morre para resgatar o gênero humano[1].

Há dezoito séculos, numa cidade do Oriente, os pontífices e os reis daquele tempo cravaram numa cruz, depois de vesgastarem, um sedicioso, um blasfemador, como diziam.

No dia de sua morte, houve grande terror no inferno e grande júbilo no céu.

Pois o sangue do Justo salvara o mundo[2].

VI

Por que os animais encontram alimento, cada qual segundo sua espécie? É porque nenhum deles rouba o alimento do outro, e cada qual se contenta com o necessário às suas necessidades.

Se, na colméia, uma abelha dissesse: Todo o mel que está aqui é meu, e assim dizendo passasse a dispor como bem entendesse dos frutos do trabalho comum, o que seria das demais abelhas?

A terra é como uma grande colméia, e os homens, como abelhas.

Cada abelha tem direito à porção de mel necessária à sua subsistência, e se entre os homens alguns carecem desse necessário é porque a justiça e a caridade desapareceram do meio deles.

Justiça é vida; e caridade também é vida, e uma vida mais doce e abundante[1].

Houve falsos profetas que persuadiram alguns homens de que todos os outros haviam nascido para eles: e no que estes acreditaram, outros acreditaram igualmente a partir das palavras dos falsos profetas.

Quando prevaleceu essa palavra de mentira, os anjos no céu choraram, pois previram que muita violência, muitos crimes e muitos males iriam precipitar-se sobre a terra.

Os homens, iguais entre si, nasceram somente para Deus, e quem disser o contrário, estará dizendo uma blasfêmia.

Quem quiser ser grande entre vós faça-se vosso servo, e quem quiser ser o primeiro entre vós, faça-se escravo de todos[2].

A lei de Deus é a lei do amor, e o amor não se ergue acima dos outros, mas sacrifica-se aos outros.

Aquele que diz em seu coração: Não sou como os outros homens[3], mas os outros homens me foram dados para que eu os comande e para que eu deles disponha segundo minha vontade, este é filho de Satã.

E Satã é o rei deste mundo, pois é rei de todos os que pensam e agem assim; e os que pensam e agem assim tornaram-se, em virtude de seus conselhos, senhores do mundo.

Mas seu domínio só durará algum tempo, e estamos chegando ao final desse tempo.

Travar-se-á grande combate, e o anjo da justiça e o anjo do amor combaterão com aqueles que se terão armado para restabelecer entre os homens o reino da justiça e o reino do amor.

E muitos morrerão nesse combate, e seu nome permanecerá na terra como um raio da glória de Deus.

Por isso, vós que sofreis, animai-vos, fortalecei vosso coração: pois amanhã será o dia da prova, o dia em que cada um deverá com júbilo dar a vida pelos irmãos: e o dia seguinte será o dia da libertação.

VII

Quando uma árvore está sozinha, é fustigada pelos ventos e despojada de suas folhas; e seus galhos, em vez de se elevarem, baixam como se buscassem a terra.

Quando uma planta está sozinha e não encontra abrigo contra o ardor do sol, definha, seca e morre.

Quando o homem está sozinho, o vento do poder verga-o para o chão, e o ardor da cobiça dos grandes deste mundo absorve a seiva que o alimenta.

Não sejais portanto como a planta e como a árvore solitárias: uni-vos, apoiai-vos e protegei-vos mutuamente.

Enquanto estiverdes todos desunidos e cada qual pensar apenas em si, nada tereis a esperar senão sofrimento, desgraça e opressão.

O que há de mais frágil que o pardal, e de mais desarmado que a andorinha? No entanto, à aproximação da ave de rapina, as andorinhas e os pardais conseguem afungentá-la, reunindo-se em torno dela, e perseguindo-a em conjunto.

Mirai-vos no exemplo do pardal e da andorinha[1].

Aquele que se separa de seus irmãos, o medo lhe vai no encalço, senta-se perto dele quando ele descansa, e não o deixa nem mesmo durante o sono.

Portanto, se vos perguntarem: Quantos sois? Respondei: Somos um, pois nossos irmãos são nós, e nós somos nossos irmãos.

Deus não nos fez nem pequenos nem grandes, nem senhores nem escravos, nem reis nem súditos: fez todos os homens iguais.

Mas, entre os homens, alguns têm mais força ou corpo, ou espírito ou vontade, e são estes que buscam sujeitar os outros, quando neles o orgulho e a cobiça sufocam o amor por seus irmãos.

E Deus sabia que assim seria, e por isso ordenou que os homens se amassem, para que se unissem e que os fracos não tombassem oprimidos pelos fortes.

Pois aquele que é mais forte que um será menos forte que dois, e aquele que é mais forte que dois será menos forte que quatro; e assim os fracos nada temerão: amando-se uns aos outros estarão unidos de verdade.

Um homem viajava pelas montanhas e chegou a um local onde uma grande rocha rolara sobre o caminho e o tomara por inteiro, e fora do caminho não havia outra saída, nem à esquerda, nem à direita.

Ora, esse homem, ao perceber que não poderia continuar sua viagem por causa do rochedo, tentou movê-lo para abrir passagem e cansou-se muito com esse trabalho, e todos os seus esforços foram vãos.

Percebendo isso, sentou-se cheio de tristeza[2] e disse: O que será de mim quando a noite cair e me surpreender neste ermo sem alimento, sem abrigo, sem qualquer defesa, na hora em que as bestas ferozes saem em busca de suas presas?

E, enquanto estava absorto nesses pensamentos, surgiu outro viajante, e este, depois de fazer o mesmo que o primeiro fizera e apercebendo-se também impotente para mover o rochedo, sentou-se em silêncio e baixou a cabeça.

E depois deste chegaram muitos outros, e nenhum deles conseguiu mover o rochedo, e o temor de todos era grande.

Finalmente, um deles disse aos demais: Irmãos, oremos a nosso Pai que está no céu: talvez ele se compadeça de nós nesta aflição.

E suas palavras foram ouvidas, e eles oraram de todo o coração para o Pai que está no céu.

E depois de orarem aquele que dissera: Oremos, disse ainda: Meus irmãos, aquilo que nenhum de nós conseguiu fazer sozinho, quem sabe não conseguiríamos fazer juntos?

E eles se ergueram, e todos juntos empurraram o rochedo, e o rochedo cedeu, e eles seguiram seu caminho em paz.

O viajante é o homem, a viagem é a vida, o rochedo são as misérias que ele encontra a cada passo em seu caminho.

Nenhum homem conseguiria erguer sozinho o rochedo, mas Deus calculou seu peso de tal modo que ele nunca detenha os que viajam juntos.

VIII

No início, o trabalho não era necessário para o homem viver; a própria terra provia a todas as suas necessidades[1].

Mas o homem incidiu no mal; e, como se revoltara contra Deus, a terra contra ele se revoltou.

Aconteceu-lhe o que acontece ao filho que se ergue contra o pai; o pai subtrai-lhe o amor e abandona-o a si mesmo; e os servidores da casa recusam-se a servi-lo, e ele se vai, buscando aqui e ali ganhar sua pobre vida e comendo o pão que ganha com o suor de seu rosto[2].

Desde então, portanto, Deus condenou todos os homens ao trabalho, e todos têm sua labuta, quer do corpo, quer do espírito; e aqueles que dizem: Não hei de trabalhar, são os mais miseráveis.

Pois, assim como os vermes devoram os cadáveres, os vícios os devoram, e se não são devorados pelos vícios, são devorados pelo tédio.

E quando Deus quis que o homem trabalhasse, escondeu um tesouro no trabalho, porque é pai, e amor de pai não morre.

E aquele que faz bom uso desse tesouro e não o dissipa insensatamente, para este chega o tempo do repouso, e então ele é como os homens eram no princípio.

E Deus ainda lhes ditou esse preceito: Ajudai-vos uns aos outros, pois entre vós existem os mais fortes e os mais fracos, os enfermos e os saudáveis; e entretanto todos devem viver.

E, se assim fizerdes, todos viverão, porque recompensarei a compaixão que tiverdes por vossos irmãos, e tornarei fecundo o vosso suor.

E o que Deus prometeu sempre se atestou, e jamais se viu carecer de pão quem tivesse ajudado seus irmãos.

Ora, em outros tempos viveu um homem malvado e amaldiçoado pelo céu. E esse homem era forte, e odiava o trabalho, de modo que disse: O que farei? Se não trabalhar, morrerei, e o trabalho me é insuportável.

Então, em seu coração introduziu-se um pensamento infernal. Saiu durante a noite, capturou alguns irmãos seus enquanto estes dormiam, e cobriu-os de correntes.

Pois, dizia, com varas e chicote eu os forçarei a trabalhar para mim, e comerei o fruto do trabalho deles.

E fez o que pensara; e outros, ao verem aquilo, fizeram o mesmo, e não houve mais irmãos, passou a haver senhores e escravos.

Esse foi um dia de luto em toda a terra.

Muito tempo depois, viveu outro homem mais malvado do que o primeiro e ainda mais amaldiçoado pelo céu.

Ao ver que os homens haviam se multiplicado por toda a parte e que era impossível contar sua multidão, disse consigo mesmo:

Talvez fosse possível eu acorrentar alguns e forçá-los a trabalhar para mim; mas seria preciso alimentá-los, e isso reduziria meu ganho. Façamos melhor; que trabalhem por nada! Na verdade, morrerão, mas como o seu número é grande, acumularei riquezas antes que eles diminuam muito, e sempre restará um número suficiente deles.

Ora, toda aquela multidão vivia do que recebia em troca de seu trabalho.

Tendo-se pronunciado daquela maneira, dirigiu-se em particular a alguns e disse-lhes: Trabalhareis durante seis horas e ganhareis uma moeda por vosso trabalho.

Trabalhareis durante doze horas, e ganhareis duas moedas, e vivereis bem melhor, vós, vossas mulheres e vossos filhos.

E eles acreditaram.

Depois ele disse-lhes: Trabalhareis apenas metade dos dias do ano, e vosso ganho duplicará.

E eles também acreditaram.

Ora, disso decorre que, tendo a quantidade de trabalho dobrado sem que a necessidade de trabalho fosse maior, a metade dos que viviam outrora de seu labor não encontrou mais ninguém para empregá-la.

Então o homem malvado, em que haviam acreditado, disse-lhes: Darei trabalho a todos vós, contanto que trabalheis pelo mesmo tempo e eu só vos pague a metade do que vos pagava; pois desejo prestar-vos esse serviço, visto que não quero arruinar-me.

E como tinham fome, eles, suas mulheres e filhos aceitaram a proposta do homem malvado e abençoaram-no, pois – diziam – nos dá a vida.

E, continuando a enganá-los do mesmo modo, o homem malvado seguiu aumentando mais o trabalho e diminuindo mais o salário.

E eles morriam por carência do necessário, e outros corriam a substituí-los, pois a indigência se tornara tão profunda naquela terra que famílias inteiras se vendiam por um pedaço de pão.

E o homem malvado que mentira a seus irmãos acumulou mais riquezas que o homem malvado que os acorrentara.

O nome deste é TIRANO; o outro só tem nome no inferno[3].

IX

Estais neste mundo como estrangeiros.

Ide para o norte e para o sul, para o oriente e para o ocidente, em qualquer lugar em que vos detiverdes, encontrareis um homem que vos expulsará dizendo: Este campo me pertence.

E após percorrer todas as regiões, voltareis sabendo que em parte alguma existe um cantinho de terra onde vossa mulher possa dar à luz vosso primogênito, onde possais repousar após vossa labuta, onde, chegado o derradeiro instante, vossos filhos possam enterrar vossos ossos, como num lugar que vos pertença.

Esta decerto é uma grande miséria.

E contudo não deveis vos afligir demais, pois está escrito daquele que salvou a raça humana:

As raposas têm sua toca, as aves do céu têm seus ninhos, mas o Filho do Homem não tem onde reclinar a cabeça[1].

Ora, ele se fez pobre para ensinar-vos a suportar a pobreza.

Não que a pobreza provenha de Deus, mas é conseqüência da corrupção e da cobiça perversa dos homens, e por isso sempre haverá pobres.

A pobreza é filha do pecado, cujo germe está em cada homem, e da servidão, cujo germe está em cada sociedade.

Sempre haverá pobres, porque jamais o homem destruirá por completo o pecado em si.

E haverá cada vez menos pobres, porque aos poucos a servidão desaparecerá da sociedade.

Se quiserdes trabalhar para destruir a pobreza, trabalhai para destruir o pecado, primeiro em vós, depois nos outros, e para destruir a servidão na sociedade.

Não é tomando o que a outro pertence que se pode destruir a pobreza, pois como diminuiria o número de pobres criando-se pobres?

Todos têm o direito de conservar o que lhes pertence; sem isso ninguém possuiria mais nada.

Mas todos têm o direito de adquirir por seu trabalho aquilo que não têm, sem o que a pobreza seria eterna.

Libertai portanto vosso trabalho, libertai vossos braços, e a pobreza só estará entre os homens como uma exceção permitida por Deus para lembrar-lhes a enfermidade de sua natureza e o socorro mútuo e o amor que se devem uns aos outros.

X[1]

Nos tempos em que toda a terra gemia à espera da libertação, da Judéia ergueu-se uma voz, a voz Daquele que vinha sofrer e morrer por seus irmãos e a quem alguns chamavam com desdém Filho do Carpinteiro.

O Filho do Carpinteiro, portanto, pobre e abandonado neste mundo, dizia:

"Vinde a mim todos os que arquejais sob o peso do trabalho, e eu vos reanimarei."[2]

E desde aqueles tempos até o dia de hoje, ninguém que nele acreditou ficou sem alívio em sua miséria.

Para curar os males que afligem os homens, pregava a todos a justiça, que é o início da caridade, e a caridade, que é a consumação da justiça.

Ora, a justiça ordena respeitar o direito do próximo, e às vezes a caridade exige que abandonemos até o nosso próprio direito, em favor da paz ou de algum outro bem. O que seria do mundo se o direito nele deixasse de reinar, se ninguém se sentisse seguro e não usufruísse sem medo do que lhe pertence?

Melhor seria viver dentro das florestas do que em uma sociedade entregue deste modo à pilhagem.

O que tomais hoje outro vos tomará amanhã. Os homens serão mais miseráveis que os pássaros do céu, aos quais os outros pássaros não arrebatam nem alimento nem ninho.

O que é um pobre? É aquele que ainda não tem propriedade.

O que deseja ele? Deixar de ser pobre, isto é, adquirir uma propriedade.

Ora, quem rouba e pilha o que faz, senão abolir, na parte que lhe cabe, o próprio direito de propriedade?

Pilhar e roubar é, portanto, atacar tanto o pobre quanto o rico; é subverter o fundamento de qualquer sociedade entre os homens.

Quem nada possui só pode chegar a possuir porque outros já possuem; pois só estes podem dar-lhe algo em troca de seu trabalho.

Ordem é bem, é o interesse de todos.

Não bebais do cálice do crime; no fundo estão a aflição amarga, a angústia e a morte.

XI

E eu vira os males que atingiam a terra, o fraco oprimido, o justo a mendigar pão, o malvado alçado a honrarias e a sobejar-se de riquezas, o inocente condenado por juízes iníquos, e seus filhos a vagar sob o sol.

E minha alma estava triste, e a esperança saía-lhe por todos os lados como de vaso quebrado.

E Deus enviou-me um sono profundo[1].

E em meu sono, vi como uma forma luminosa, em pé junto de mim, um Espírito cujo olhar suave e intenso penetrava até o fundo de meus pensamentos mais secretos.

E estremeci, não de temor nem de júbilo, mas de um sentimento que seria a mescla inexprimível de ambos.

E o Espírito disse-me: Por que estás triste?

E respondi aos prantos: Oh! Contemplai os males que estão sobre a terra.

E a forma celeste começou a sorrir com um sorriso inefável, e chegaram-me aos ouvidos estas palavras:

Teu olho só enxerga através desse meio enganador a que as criaturas dão o nome de tempo. Só existe tempo para ti: não há tempo para Deus.

E calei-me, pois não compreendia.

De repente o Espírito disse: Olha[2].

E, sem que para mim houvesse antes ou depois, num mesmo instante vi ao mesmo tempo aquilo que, em sua língua inapta e carente, os homens chamavam de passado, presente e futuro.

E tudo aquilo era uma coisa só; no entanto, para dizer o que vi, preciso descer de novo para o seio do tempo, preciso falar a língua inapta e carente dos homens.

E toda a raça humana me aparecia como um único homem.

E esse homem fizera muito mal, pouco bem, sentira muitas dores, poucas alegrias.

E ali estava ele, a jazer em sua miséria, sobre uma terra ora gelada, ora ardente, magro, faminto, sofredor, abatido por um langor entremeado de convulsões, oprimido por cadeias forjadas na morada dos demônios.

Sua mão direita acorrentara sua mão esquerda, e a esquerda acorrentara a direita, e, em meio a seus sonhos maus, emaranhara-se tanto em seus ferros que todo o seu corpo estava coberto e estreitado.

Pois assim que o tocavam colavam-se à sua pele como chumbo ardente, entravam-lhe na carne e não mais saíam.

E lá estava o homem, eu o reconheci.

E eis que do Oriente partia um raio de luz, e do Meio-Dia um raio de amor, e do Setentrião um raio de força[3].

E aqueles três raios uniram-se sobre o coração daquele homem.

E quando o raio de luz partiu uma voz disse: Filho de Deus, irmão de Cristo, sabe o que deves saber.

E quando o raio de amor partiu uma voz disse: Filho de Deus, irmão de Cristo, ama o que deves amar.

E quando o raio de força partiu uma voz disse: Filho de Deus, irmão de Cristo, faze o que deve ser feito.

E quando os três raios se uniram as três vozes também se uniram, e formou-se uma única voz que disse:

Filho de Deus, irmão de Cristo, serve a Deus, e serve apenas a Ele[4].

Naquele momento, o que até então me parecera um único homem surgiu diante de mim como uma multidão de povos e nações.

E meu primeiro olhar não me enganara, e o segundo tampouco me enganava.

E aqueles povos e aquelas nações, despertando de seu leito de angústia, começaram a dizer:

De onde provêm nossos sofrimentos e nosso langor, e a fome e a sede que nos atormentam, e as correntes que nos vergam para a terra e entram em nossa carne?

E a inteligência se lhes abriu, e eles compreenderam que os filhos de Deus, os irmãos de Cristo, não haviam sido condenados à escravidão pelo pai, e que aquela escravidão era a fonte de todos os seus males.

Cada um, pois, tentou romper seus grilhões, mas nenhum conseguiu.

E todos se entreolharam com grande compaixão e, estando o amor a agir neles, disseram-se: Todos temos o mesmo pensamento, por que não teríamos o mesmo coração? Não somos todos filhos do mesmo Deus e irmãos do mesmo Cristo? Salvemo-nos ou morramos juntos.

E, dizendo isso, sentiram em si uma força divina, e eu ouvi que os grilhões se partiam, e eles combateram seis dias contra aqueles que os haviam acorrentado, e no sexto dia conquistaram a vitória, e no sétimo dia descansaram.

E a terra que estava seca reverdeceu, e todos puderam comer de seus frutos, e ir e vir sem que ninguém lhes dissesse: Aonde ides? Por aqui não podeis passar.

E as criancinhas colhiam flores, e levavam-nas às suas mães, que lhes sorriam com doçura.

E não havia nem pobres nem ricos, mas todos tinham em abundância as coisas que atendiam às suas necessidades, porque todos se amavam e se ajudavam como irmãos.

E uma voz, como a voz de um anjo, ressoou no céu: Glória a Deus, que deu entendimento, amor e força a seus filhos! Glória a Cristo, que devolveu a liberdade a seus irmãos!

XII

Quando um de vós sofre uma injustiça, quando, em seu caminho pelo mundo, o opressor o derruba e põe o pé sobre ele, se ele se queixa, ninguém o ouve.

O grito do pobre sobe até Deus, mas não chega aos ouvidos do homem.

E perguntei-me: De onde provém esse mal? Será que aquele que criou tanto o pobre quanto o rico, tanto o fraco quanto o poderoso, teria desejado eliminar de uns todo o temor em suas iniqüidades, e dos outros toda a esperança em sua miséria?

E vi que este era um pensamento horrível, uma blasfêmia contra Deus.

Porque cada um de vós ama apenas a si mesmo, porque se separa de seus irmãos, porque está só e quer ser só, seu lamento não é ouvido.

Na primavera, quando tudo revivesce, da relva sai um rumor que se ergue como um longo murmúrio.

Esse rumor, formado de tantos rumores que seria impossível contá-los, é a voz de uma quantidade inumerável de pobres e imperceptíveis criaturazinhas.

Sozinha, nenhuma delas seria ouvida: todas juntas, conseguem se fazer ouvir.

Estais também escondidos sob a relva, por que dela não sai voz alguma?

Quando é preciso transpor um rio de águas rápidas, formam-se duas longas fileiras de homens e, assim aproximados, aqueles que, isolados dos outros, não poderiam resistir à força das águas transpõem o rio sem problemas.

Fazei isso e rompereis o curso da iniqüidade, que vos carrega quando estais sozinhos e vos joga quebrantados na margem.

Que vossas resoluções sejam lentas, mas firmes. Não vos deixeis levar por um primeiro nem por um segundo movimento.

Mas se foi cometida contra vós alguma injustiça, começai por banir qualquer sentimento de ódio de vosso coração e, em seguida, erguendo as mãos e os olhos para o alto, dizei a vosso pai que está no céu:

Ó Pai, sois o protetor[1] do inocente e do oprimido; pois foi vosso amor que criou o mundo, e é vossa justiça que o governa.

Quereis que ela reine sobre a terra, e o malvado a ela opõe sua vontade cruel.

Por isso resolvemos combater o malvado.

Ó Pai! Dai conselhos a nosso espírito e força a nossos braços.

Depois de terdes assim orado do fundo de vossa alma, combatei e nada temais.

Se a princípio a vitória parece afastar-se de vós, é apenas uma provação: ela voltará; pois vosso sangue será como o sangue de Abel degolado por Caim, e vossa morte como a dos mártires.

XIII

Era uma noite escura; um céu sem astros pesava sobre a terra, como tampo de mármore negro sobre uma sepultura.

E nada perturbava o silêncio daquela noite, a não ser um ruído estranho, como um leve bater de asas que de vez em quando se ouvia sobre os campos e sobre as cidades.

E então as trevas se adensavam, e todos sentiam a alma apertar-se e um arrepio percorrer-lhes as veias.

E, numa sala forrada de negro e iluminada por uma lâmpada avermelhada, sete homens vestidos de púrpura, com a cabeça cingida por uma coroa, estavam sentados em sete assentos de ferro.

E, no meio da sala, erguia-se um trono feito de ossos e, ao pé do trono, à guisa de escabelo, havia um crucifixo invertido; e, diante do trono, uma mesa de ébano e, sobre a mesa, um vaso cheio de sangue vermelho e espumante, e um crânio humano.

E os sete homens coroados pareciam pensativos e tristes, e, do fundo das órbitas cavadas, de vez em quando seus olhos deixavam escapar faíscas de fogo lívido.

E, levantando-se, um deles aproximou-se do trono a titubear e pôs o pé sobre o crucifixo.

Nesse momento, seus membros tremeram, e ele pareceu prestes a desfalecer. Os outros olhavam imóveis; não fizeram o menor movimento, mas sobre suas frontes passou não sei o quê, e um sorriso que não é humano contraiu-lhes os lábios.

E aquele que parecera prestes a desfalecer estendeu o braço, agarrou o vaso cheio de sangue, despejou uma parte no crânio e bebeu.

E a bebida pareceu fortalecê-lo.

E, erguendo a cabeça, de seu peito saiu este brado, como um surdo estertor:

Maldito seja Cristo, que devolveu a Liberdade à terra!

E os outros seis homens coroados ergueram-se todos juntos, e todos juntos soltaram o mesmo brado:

Maldito seja Cristo, que devolveu a Liberdade à terra!

Depois, tornando eles a sentar-se nos assentos de ferro, disse o primeiro:

Meus irmãos, o que faremos para sufocar a Liberdade? Pois nosso reinado acabará se o dela começar. Nossa causa é a mesma: que cada um proponha o que lhe parecer conveniente.

Eis a minha opinião. Antes do advento de Cristo, quem ficava em pé diante de nós? Foi sua religião que nos perdeu: tratemos de abolir a religião de Cristo.

E todos responderam: É verdade. Tratemos de abolir a religião do Cristo.

E um segundo dirigiu-se para o trono, pegou o crânio humano, nele verteu sangue, bebeu-o e disse em seguida:

Não é apenas a religião que precisamos abolir, mas também a ciência e o pensamento; pois a ciência pretende conhecer o que não é bom para nós que o homem saiba, e o pensamento está sempre pronto a recalcitrar contra a força.

E todos responderam: É verdade. Tratemos de abolir a ciência e o pensamento.

E, após fazer o que os dois primeiros haviam feito, um terceiro disse:

Depois que tivermos mergulhado os homens de novo no embrutecimento, subtraindo-lhes a religião, a ciência e o pensamento, já teremos feito muito, mas ainda nos restará algo por fazer.

A ralé tem instintos e simpatias perigosas. Nenhum povo deve ouvir a voz de outro povo para que, se algum se queixar e sublevar, o outro não seja tentado a imitá-lo. Que nenhum ruído de fora penetre em nossas casas.

E todos responderam: É verdade. Que nenhum ruído de fora penetre em nossas casas.

E o quarto disse: Temos os nossos interesses, e os povos também têm seus interesses, opostos aos nossos. Se eles se unirem para defender esses interesses contra nós, como resistiremos a eles?

Dividimos para reinar. Tratemos de criar em cada província, em cada cidade, em cada casario, um interesse contrário ao dos outros casarios, das outras cidades, das outras províncias.

Desse modo todos se odiarão e não pensarão em se unir contra nós.

E todos responderam: É verdade. Dividamos para reinar: a concórdia nos mataria.

E o quinto, depois de encher e esvaziar por duas vezes o crânio humano, disse:

Aprovo todos esses meios; são bons, mas não bastam. Criai brutos, está bem; mas assustai esses brutos, enchei-os de terror com uma justiça inexorável e com suplícios atrozes, se não quiserdes ser devorados por eles mais cedo ou mais tarde. O carrasco é o primeiro ministro de um bom príncipe.

E todos responderam: É verdade. O carrasco é o primeiro ministro de um bom príncipe.

E o sexto disse:

Reconheço a vantagem dos suplícios imediatos, terríveis, inevitáveis. No entanto, existem almas fortes e almas desesperadas que enfrentam os suplícios.

Se quiserdes governar os homens com facilidade, amansai-os com a volúpia. A virtude de nada nos serve: ela alimenta a força; mais vale esgotá-la com a corrupção.

E todos responderam: É verdade. Esgotemos a força, a energia e a coragem com a corrupção.

Então o sétimo, depois de beber no crânio humano como os outros, falou deste modo, com os pés sobre o crucifixo:

Acabemos com Cristo; entre nós e ele, a guerra é mortal, é eterna.

Mas como afastar dele os povos? É uma tentativa inútil. O que fazer então? Escutai: devemos conquistar os sacerdotes de Cristo com bens, honrarias e poder.

E eles ordenarão ao povo da parte de Cristo que a nós se submeta em todas as coisas, o que quer que façamos, o que quer que determinemos.

E o povo acreditará neles, e obedecerá por consciência, e nosso poder estará mais fortalecido que antes.

E todos responderam: É verdade. Tratemos de conquistar os sacerdotes de Cristo.

E, de repente, a lâmpada que iluminava a sala se apagou, e os sete homens separaram-se nas trevas.

E a um justo que, naquele momento, velava e orava diante da cruz foi dito: Meu dia se aproxima. Adora e nada teme[1].

XIV

E através da bruma cinzenta e densa, vi, como se vê na terra à hora do crepúsculo, uma planície nua, deserta e fria.

No meio, erguia-se um rochedo de onde caía, gota a gota, uma água enegrecida, e o ruído fraco e surdo das gotas que caíam eram o único ruído que se ouvia.

E sete trilhas, após serpentearem pela planície, vinham terminar no rochedo, e, perto do rochedo, à entrada de cada uma, havia uma pedra recoberta de algo úmido e verde, semelhante a baba de réptil.

E então, em uma das trilhas, vi como uma sombra que se movia devagar, e pouco a pouco, como a sombra se aproximasse, distingui algo semelhante a um homem, mas que não era homem.

E, no lugar do coração, aquela forma humana tinha uma nódoa de sangue.

E sentou-se na pedra úmida e verde, e seus membros tiritavam, e, com a cabeça inclinada, estreitava os braços, como para reter um resto de calor.

E pelas seis outras trilhas, seis outras sombras chegaram sucessivamente ao pé do rochedo.

E cada uma delas, tiritando e estreitando-se os braços, sentou-se sobre a pedra úmida e verde.

E ali estavam, silenciosas e encurvadas sob o peso de uma incompreensível angústia.

E o silêncio delas durou muito tempo, não sei quanto, pois o sol jamais se ergue naquela planície: nela não se conhece anoitecer nem amanhecer. Nela, só as gotas de água enegrecida vão medindo, enquanto caem, um tempo monótono, obscuro, pesado, eterno.

E aquilo era tão horrível de se ver que, se Deus não me tivesse fortalecido, eu não conseguiria suportar aquela visão.

E, após uma espécie de frêmito convulsivo, uma das sombras, erguendo a cabeça, emitiu um som, como o som rouco e seco do vento que zumbe num esqueleto.

E o rochedo transmitiu estas palavras a meus ouvidos:

O Cristo venceu: maldito seja!

E as outras seis sombras estremeceram, e, erguendo a cabeça, do peito de todas juntas saiu a mesma blasfêmia.

O Cristo venceu: maldito seja!

E de imediato foram acometidas por um tremor mais forte, a bruma adensou-se e, por um momento, a água enegrecida deixou de gotejar.

E as sete ombras se haviam de novo dobrado sob o peso de sua angústia secreta, e houve um segundo silêncio mais longo do que o primeiro.

Em seguida, uma delas, sem erguer-se de sua pedra, imóvel e curvada, disse às outras:

A vós aconteceu o mesmo que a mim. De que nos serviram todos os nossos conselhos?

E uma outra continuou: A fé e o pensamento romperam os grilhões dos povos; a fé e o pensamento libertaram a terra.

E uma outra disse: Queríamos dividir os homens, e nossa opressão uniu-os contra nós.

E uma outra: Derramamos sangue, e esse sangue recaiu sobre nossas cabeças.

E uma outra: Semeamos a corrupção, e ela germinou em nós, e ela devorou nossos ossos.

E uma outra: Acreditamos ter sufocado a liberdade, e seu sopro secou nosso poder até a raiz.

Então a sétima sombra:

O Cristo venceu: maldito seja!

E todas, em uníssono, responderam:

O Cristo venceu: maldito seja![1]

E vi uma mão aparecer: ela molhou o dedo na água enegrecida, cujas gotas, caindo, medem a duração eterna, e com ela marcou a testa das sete sombras; e isso foi para todo o sempre[2].

XV

Só tendes de um dia para passar na terra; tratai de passá-lo em paz.

A paz é o fruto do amor; pois, para viver em paz, é preciso saber suportar muitas coisas.

Ninguém é perfeito, todos têm seus defeitos; cada homem pesa sobre os outros, e só o amor torna esse peso mais leve.

Se não consegues suportar vossos irmãos, como vossos irmãos vos suportarão?

Está escrito sobre o filho de Maria: *Ele, que amara os Seus que estavam no mundo, levou até ao extremo Seu amor por eles*[1].

Amai portanto vossos irmãos que estão no mundo, e amai-os até o extremo.

O amor é infatigável, jamais se cansa. O amor é inesgotável; vive e renasce por si mesmo, e quanto mais se derrama, mais sobeja.

Quem ama a si mesmo mais que a seu irmão não é digno de Cristo, está morto para seus irmãos. E se já destes vossos bens, dai também vossa vida, e o amor tudo vos devolverá.

Em verdade vos digo, aquele que ama seu coração é

como um paraíso na terra. Tem Deus em si, pois Deus é amor.

O homem corrompido não ama, cobiça: tem fome e sede de tudo; seu olho, tal como o da serpente, fascina e atrai, mas para devorar.

O amor repousa no fundo das almas puras, como uma gota de orvalho no cálice de uma flor.

Oh! Se soubésseis o que é amar!

Dizeis que amais, e a muitos de vossos irmãos falta o pão para sustentar a vida, faltam roupas para cobrir os membros nus, teto para se abrigar, um punhado de palha onde dormir, enquanto tendes todas as coisas em abundância.

Dizeis que amais, e há uma profusão de enfermos que definham, privados de auxílio, em seu pobre leito, infelizes que choram sem que ninguém chore com eles, criancinhas que vão, enregeladas, de porta em porta, a pedir aos ricos uma migalha de suas mesas, e não as obtêm[2].

Dizeis que amais vossos irmãos; e o que faríeis então se os odiásseis?

E eu vos digo que aquele que, podendo, não consola o irmão que está sofrendo, é inimigo de seu irmão; e aquele que, podendo, não alimenta seu irmão que tem fome, é seu assassino.

XVI

Existem homens que não amam a Deus e que não o temem: fugi deles, pois deles exala um vapor de maldição.

Fugi do ímpio, pois seu hálito mata; mas não o odieis, pois quem sabe se Deus já não transformou seu coração?

O homem que, mesmo de boa fé, diz: Não creio, muitas vezes se engana. Já existe bem antes na alma, até o fundo dela, uma raiz de fé que não seca.

A palavra que nega Deus queima os lábios sobre os quais passa, e a boca que se abre para blasfemar é o respiradouro do inferno.

O ímpio está só no universo. Todas as criaturas louvam a Deus, tudo o que sente o abençoa, tudo o que pensa o adora: o astro do dia e os da noite cantam-no em sua língua misteriosa.

Ele escreveu no firmamento seu nome três vezes santo.

Glória a Deus nas alturas![1]

Ele o escreveu no coração do homem, e o homem bom o conserva com amor; mas os outros tratam de apagá-lo.

Paz na terra aos homens de boa vontade![2]

Seu sono é doce, e sua morte é ainda mais doce, porque sabem que estão voltando para o pai.

Como o pobre lavrador que, ao cair do dia, deixa os campos, retorna à sua choupana e, sentado diante da porta, esquece o cansaço olhando para o céu, assim também quando a noite chega, o homem que tem esperança torna com júbilo à casa paterna e, sentado à soleira, esquece os trabalhos do exílio nas visões da eternidade.

XVII

Dois homens eram vizinhos, e cada um tinha uma mulher e vários filhos pequenos, e apenas o trabalho para sustentar-se.

E um desses dois homens preocupava-se, dizendo: Se eu morrer ou ficar doente, o que será de minha mulher e de meus filhos?

E esse pensamento não o abandonava, e corroía seu coração como um verme corrói a fruta onde se escondeu.

Ora, ainda que o outro pai tivesse o mesmo pensamento, nele não se detinha, pois – dizia – Deus, que conhece todas as suas criaturas e por elas vela, velará por mim igualmente, e pela minha mulher e pelos meus filhos.

E este vivia tranqüilo, enquanto o primeiro não usufruía um único instante de repouso nem de júbilo interior.

Um dia em que trabalhava nos campos, triste e abatido em virtude de seu temor, viu alguns pássaros entrar em um arbusto, dele sair, e logo tornar a ele mais uma vez.

E, aproximando-se, viu dois ninhos lado a lado e, em cada um, vários passarinhos recém-nascidos e ainda sem penas.

E, voltando ao trabalho, de vez em quando erguia os olhos e contemplava aqueles pássaros que iam e vinham trazendo alimento para seus filhotes.

Ora, eis que uma das mães, ao voltar com seu biscato, é agarrada e arrebatada por um abutre; e a pobre mãe, debatendo-se em vão sob suas garras, lançava gritos lancinantes.

Ao ver aquilo, o homem que trabalhava sentiu a alma ainda mais perturbada do que antes; pois, pensava, a morte da mãe é a morte dos filhotes. Os meus também só têm a mim. O que será deles se eu lhes faltar?

E durante todo o dia ficou sombrio e triste, e à noite não dormiu.

No dia seguinte, quando voltou ao campo, pensou: Quero ver os filhotes daquela pobre mãe, provavelmente muitos já pereceram. E dirigiu-se para o arbusto.

E, olhando, viu os filhotes saudáveis; aparentemente nem um único sofrera.

E, espantado com o fato, escondeu-se para observar o que aconteceria.

E, após algum tempo, ouviu um gorjeio e viu a segunda mãe trazer pressurosa o alimento que recolhera e distribuí-lo entre todos os passarinhos indistintamente, e houve alimento para todos, e os órfãozinhos absolutamente não foram abandonados em sua miséria.

E o pai que desconfiara da Providência contou à noite ao outro pai o que vira.

E este disse-lhe: Por que se preocupar? Deus jamais abandona os seus. Seu amor tem segredos que não conhecemos. Precisamos ter fé, esperança, amor e prosseguir nosso caminho em paz.

Se eu morrer antes de vós, sereis o pai de meus filhos; se morrerdes antes de mim, serei o pai dos vossos.

E se ambos morrermos antes que eles tenham idade para prover por si mesmos às suas necessidades, eles terão por pai o Pai que está no céu.

XVIII

Depois de orar, não sentis vosso coração mais leve e vossa alma mais contente?

A prece torna a aflição menos dolorosa e a alegria mais pura: mescla à primeira algo de fortalecedor e suave, e à segunda um perfume celeste.

O que fazeis sobre a terra, e nada tendes a pedir Àquele que nela vos colocou?

Sois um viajante que busca a pátria. Não caminheis de cabeça baixa: é preciso erguer os olhos para reconhecer o caminho.

Vossa pátria é o céu; e quando contemplais o céu nada em vós se abala? Será que nenhum desejo vos insta? Ou estaria esse desejo mudo?

Há os que dizem: De que serve rezar? Deus está por demais acima de nós para escutar criaturas tão insignificantes.

E quem então fez essas criaturas insignificantes, quem lhes deu sentimento, pensamento, palavra, senão Deus?

E se foi bom para com elas, seria para depois as abandonar e repelir?

Em verdade vos digo: aquele que em seu coração diz que Deus despreza suas obras, blasfema contra Deus.

Há outros que dizem: De que serve rezar? Deus não sabe melhor do que nós do que necessitamos?

Deus sabe melhor do que vós aquilo de que necessitais, e é por isso que quer que lhe façais vossos pedidos; pois Deus é vossa primeira necessidade, e orar a Deus é começar a possuir Deus.

O pai conhece as necessidades de seu filho; será por isso necessário que o filho jamais dirija um pedido ou uma ação de graças a seu pai?

Quando os animais sofrem, quando têm medo ou fome, emitem sons queixosos. Esses queixumes são a prece que dirigem a Deus, e Deus a ouve. O homem seria porventura o único ser da criação cuja voz jamais se alça até os ouvidos do Criador?

Às vezes passa pelos campos um vento que resseca as plantas, e então vêem-se os caules murchos inclinar-se para a terra; umedecidos, porém, pelo orvalho, recuperam o frescor e erguem a cabeça enfraquecida.

Sempre há ventos ardentes que passam pela alma do homem e a ressecam. A prece é o orvalho que a refresca[1].

XIX

Só tendes um pai, que é Deus, e um só senhor, que é Cristo.

Quando, pois, vos disserem sobre os que na terra têm grande poder: Eis vossos senhores, não acrediteis. Se forem justos, serão vossos servidores; se não o forem, serão vossos tiranos.

Todos nascem iguais: ninguém, vindo ao mundo, traz consigo o direito de comandar.

Vi num berço uma criança a chorar e babar, e em torno dela alguns anciãos diziam: *Senhor*, e ajoelhando-se adoravam-na. E compreendi toda a miséria do homem[1].

Foi o pecado que fez os príncipes; porque em vez de se amarem e se ajudarem como irmãos, os homens começaram a prejudicar-se uns aos outros.

Então dentre eles escolheram um ou vários, que eles acreditam ser os mais justos, a fim de proteger os bons contra os maus e para que o fraco pudesse viver em paz.

E o poder que exerciam era um poder legítimo, pois era o poder de Deus que quer que a justiça reine, e o poder do povo que os elegera.

E por isso todos se sentiam obrigados em sã consciência a obedecer-lhes.

Mas logo também apareceram os que queriam reinar por conta própria, como se tivessem natureza mais elevada que a de seus irmãos.

E o poder destes não é legítimo, pois é o poder de Satã, e o seu domínio é o do orgulho e da cobiça.

E por isso, quando não houver por que temer males ainda maiores como resultado, todos poderão, e às vezes deverão, em sã consciência resistir-lhes.

Na balança do direito eterno, vossa vontade pesa mais que a vontade dos reis; pois são os povos que fazem os reis, e os reis são feitos para os povos, e os povos não são feitos para os reis.

O Pai celeste não formou os membros de seus filhos para que fossem despedaçados por grilhões, nem sua alma para que fosse mortificada pela servidão.

Uniu-os em famílias, e todas as famílias são irmãs; uniu-os em nações, e todas as nações são irmãs; e quem separar as famílias das famílias, as nações das nações, estará dividindo o que Deus uniu: empreendendo a obra de Satã.

E o que une as famílias às famílias, as nações às nações é em primeiro lugar a lei de Deus, a lei da justiça e da caridade, e depois a lei da liberdade, que também é a lei de Deus.

Pois sem liberdade, que união existiria entre os homens? Estariam unidos como o cavalo está unido àquele que nele monta, como o chicote do senhor à pele do escravo.

Se, portanto, alguém vier e disser: Sois meu; respondei: Não, somos de Deus, que é nosso Pai, e de Cristo, que é nosso único senhor.

XX

Não vos deixeis enganar por palavras vãs. Muitos buscarão persuadir-vos de que sois verdadeiramente livres porque terão escrito a palavra liberdade numa folha de papel e a terão afixado em todas as encruzilhadas.

A liberdade não é um cartaz que se lê na esquina. É um poder vivo que se sente em si e ao redor de si, o gênio protetor do lar, a garantia dos direitos sociais e o primeiro desses direitos.

O opressor que com seu nome se encobre é o pior dos opressores. Une a mentira à tirania, e a profanação à injustiça; pois o nome liberdade é sagrado.

Guardai-vos, portanto, dos que dizem: Liberdade, Liberdade, e a destroem por suas obras[1].

Sois vós quem escolheis os que vos governam, os que vos ordenam que façam isto e não aquilo, os que tributam vossos bens, vossa indústria e vosso trabalho? E, se não sois vós, como sois livres?

Podeis exercer vosso culto sem serdes perturbados, adorar a Deus e servi-lo em público de acordo com vossa consciência? E se não podeis, como sois livres?

Podeis dispor de vossos filhos como bem entenderdes, confiar a quem vos agradar o cuidado de instruí-los e formar seus costumes? E se não podeis, como sois livres?

Os próprios pássaros do céu e os insetos reúnem-se para fazer juntos o que nenhum deles poderia fazer sozinho. Podeis vos reunir para juntos tratardes de vossos interesses, para defender vossos direitos, para obviar de algum modo os vossos males? E se não podeis, como sois livres?

Podeis ir de um lugar a outro a não ser que vos permitam, usar os frutos da terra e as produções de vosso trabalho, mergulhar vosso dedo na água do mar e deixar cair uma gota na pobre vasilha de barro onde vossos alimentos estão sendo cozidos, sem vos expordes ao pagamento de uma multa e serdes aprisionados?[2] E, se não podeis, como sois livres?

Podeis, ao deitar-vos à noite, estar certo de que ninguém virá durante vosso sono vasculhar os locais mais secretos de vossa casa, arrancar-vos do seio de vossa família e jogar-vos no fundo de uma masmorra, porque o poder em seu medo desconfiou de vós? E se não podeis, como sois livres?

A liberdade brilhará sobre vós quando, à força de coragem e perseverança, vos libertardes de todas essas servidões.

A liberdade brilhará sobre vós quando disserdes do fundo de vossa alma: Queremos ser livres; quando, para vos tornardes livres, estiverdes prontos a tudo sacrificar e sofrer.

A liberdade brilhará sobre vós quando, ao pé da cruz na qual Cristo morreu por vós, jurardes morrer uns pelos outros.

XXI

O povo é incapaz de atender aos seus interesses; para seu bem, deve ser mantido sempre sob tutela. Não cabe aos que detêm as luzes conduzir os que carecem de luz? Assim fala uma multidão de hipócritas que quer cuidar dos negócios do povo a fim de engordar com a substância do povo.

Sois incapazes, dizem, de atender a vossos interesses; e, por isso, nem mesmo vos permitirão dispor do que é vosso como objeto que julgais útil; e dele disporão contra vossa vontade, em troca de outro objeto que vos desagrada e que abominais.

Sois incapazes de administrar uma pequena propriedade comum, incapazes de saber o que é bom ou ruim, de conhecer vossas necessidades e de supri-las; e, por isso, enviam-vos homens bem pagos, à vossa custa, que gerirão vossos bens segundo lhes convier, vos impedirão de fazer o que quereis e vos obrigarão a fazer o que não quereis.

Sois incapazes de discernir a educação adequada para vossos filhos; e por amor a vossos filhos, eles os lançarão em cloacas de impiedade e maus costumes, salvo se preferirdes que eles continuem privados de qualquer espécie de instrução.

Sois incapazes de julgar se podeis, vós e vossa família, subsistir com o salário que vos concedem por vosso trabalho; e sereis proibidos, por penas severas, de deliberar em conjunto para obter um aumento desse salário, para que possais viver, vós, vossas mulheres e vossos filhos.

Se o que diz essa raça hipócrita e ávida fosse verdade, estaríeis bem abaixo dos animais, pois estes sabem tudo o que, segundo eles, não sabeis, e só precisam do instinto para sabê-lo.

Deus não vos fez para serdes o rebanho de alguns homens. Fez-vos para viverdes livremente em sociedade como irmãos. Ora, um irmão não tem que dar ordens a outro irmão. Os irmãos estão ligados por convenções mútuas, e essas convenções são lei, e a lei deve ser respeitada, e todos devem unir-se para impedir que seja violada, pois ela é a salvaguarda de todos, a vontade e o interesse de todos.

Sede homens: ninguém é poderoso o suficiente para vos chamar ao jugo contra vossa vontade; mas podeis passar a cabeça pela coleira se quiserdes.

Existem animais estúpidos que são fechados em estábulos e alimentados para o trabalho; depois, quando envelhecem, são engordados para que sua carne sirva de alimento.

Existem outros que vivem nos campos em liberdade, que não é possível domar para a servidão, que não se deixam seduzir por carícias enganadoras, nem vencer por ameaças ou maus tratos.

Os homens corajosos assemelham-se aos últimos; os covardes são como os primeiros.

XXII

Compreendei bem como o homem se torna livre.

Para ser livre, é preciso, antes de mais nada, amar a Deus, pois se amardes a Deus, fareis a vontade dele, e a vontade de Deus é a justiça e a caridade, sem as quais não existe liberdade.

Quando, por violência ou artifício, alguém toma o que é de outrem; quando alguém é atacado em sua pessoa; quando é impedido de agir como quer em coisa lícita, ou é forçado a agir como não quer; quando um direito é violado de alguma maneira, o que é isso? Uma injustiça. Portanto, é a injustiça que destrói a liberdade.

Se cada qual só amasse a si mesmo e só pensasse em si, sem socorrer os outros, o pobre seria muitas vezes obrigado a furtar o que é de outrem para viver e sustentar os seus, o fraco seria oprimido por alguém mais forte, e este por outro ainda mais forte; a injustiça reinaria por toda parte. Portanto, é a caridade que conserva a liberdade.

Amai a Deus sobre todas as coisas, e o próximo como a vós mesmo, e a servidão desaparecerá da terra.

No entanto, os que se aproveitam da servidão de seus irmãos, tudo farão para prolongá-la. Para isso empregarão a mentira e a força.

Dirão que o domínio arbitrário de alguns e a escravidão de todos os outros é a ordem estabelecida por Deus; e, para conservar sua tirania, não temerão blasfemar a Providência.

Respondei-lhes que o Deus deles é Satã, inimigo da raça humana, e que o vosso é aquele que venceu Satã.

Depois, soltarão seus esbirros sobre vós; construirão um sem-número de prisões para nelas vos encerrar, perseguindo-vos com ferro e fogo, torturando-vos e espalhando vosso sangue como a água das fontes.

Se não estiverdes decididos a combater sem trégua, a tudo suportar sem vos curvar, a jamais vos cansar, a jamais ceder, guardai vossas armas e renunciai a uma liberdade da qual não sois dignos.

A liberdade é como o reino de Deus; *sofre violência, e os violentos apoderam-se dele à força*[1].

E a violência que vos dará a posse da liberdade não é a violência feroz dos ladrões e dos bandidos, a injustiça e a vingança, a crueldade; mas uma vontade forte, inflexível, uma coragem calma e generosa.

A causa mais santa transforma-se em causa ímpia, execrável, quando se emprega o crime para sustentá-la. De escravo, o criminoso pode tornar-se tirano, mas jamais se torna livre.

XXIII

Senhor, clamamos por vós do fundo de nossa miséria. Como animais aos quais falte alimento para dar aos filhotes:
Clamamos por vós, Senhor.
Como a ovelha a quem arrancam o cordeiro:
Clamamos por vós, Senhor.
Como a pomba arrebatada pelo abutre:
Clamamos por vós, Senhor.
Como a gazela sob as garras do tigre:
Clamamos por vós, Senhor.
Como o touro esgotado de cansaço e ensangüentado pelo aguilhão:
Clamamos por vós, Senhor.
Como o pássaro ferido que o cão persegue:
Clamamos por vós, Senhor.
Como a andorinha que tombou extenuada enquanto atravessava os mares e se debate nas ondas:
Clamamos por vós, Senhor.
Como viajantes perdidos num deserto ardente e sem água:
Clamamos por vós, Senhor.
Como náufragos em costa estéril:

Clamamos por vós, Senhor.

Como aquele que, ao cair da noite, encontra próximo ao cemitério um espectro pavoroso:

Clamamos por vós, Senhor.

Como o pai a quem arrancam o pedaço de pão que levava para os filhos famintos:

Clamamos por vós, Senhor.

Como o prisioneiro que o poderoso injusto lançou em masmorra úmida e tenebrosa:

Clamamos por vós, Senhor.

Como o escravo dilacerado pelo açoite do senhor:

Clamamos por vós, Senhor.

Como o inocente conduzido ao suplício:

Clamamos por vós, Senhor.

Como o povo de Israel na terra de escravidão:

Clamamos por vós, Senhor.

Como os descendentes de Jacó, cujos primogênitos o rei do Egito mandava afogar no Nilo:

Clamamos por vós, Senhor.

Como as doze tribos, cujos trabalhos os opressores aumentavam a cada dia, cortando a cada dia algo de sua alimentação:

Clamamos por vós, Senhor.

Como todas as nações da terra, antes da aurora da libertação:

Clamamos por vós, Senhor.

Como o Cristo na cruz, quando diz: Pai, meu Pai, por que me abandonaste?

Clamamos por vós, Senhor.

Ó Pai! Não abandonastes vosso filho, vosso Cristo, a não ser aparentemente e por um instante: tampouco abandonareis para sempre os irmãos de Cristo. Seu sangue divino, que os resgatou da escravidão do Príncipe deste mundo, irá resgatá-los também da escravidão dos ministros do Príncipe deste mundo. Vede que eles têm pés e mãos traspassados, flanco aberto, cabeça coberta de chagas ensangüentadas. Sob a terra que lhes destes como herança, foi escavado um vasto sepulcro, onde eles foram jogados de cambulhada, e a lousa foi lacrada com um selo no qual gravaram, por zombaria, o vosso santo nome. E assim, Senhor, ali jazem; mas não permanecerão por toda a eternidade. Mais três dias, e o selo sacrílego será rompido, a pedra será quebrada, e os que dormem despertarão, e o reino de Cristo, que é justiça e caridade, e paz e alegria no Espírito Santo, começará. Que assim seja.

XXIV

Tudo o que acontece no mundo é precedido por seu sinal.

Quando o sol está para nascer, o horizonte tinge-se de mil nuanças, e o oriente parece todo em chamas[1].

Quando a tempestade vem chegando, ouve-se na praia um murmúrio surdo, e as vagas agitam-se como por si mesmas.

Os inúmeros pensamentos diferentes que se cruzam e mesclam no horizonte do mundo espiritual são o sinal que anuncia o nascer do sol das inteligências.

O murmúrio confuso e o movimento interior dos povos em comoção são o sinal precursor da tempestade que logo passará pelas nações que estremecem.

Preparai-vos, pois os tempos se aproximam[2].

Nesse dia haverá grandes terrores e gritos como jamais se ouviram desde os dias do dilúvio.

Os reis urrarão em seus tronos; buscarão segurar sobre a cabeça as coroas arrastadas pelos ventos, e com elas serão varridos.

Os ricos e os poderosos sairão nus de seus palácios, por medo de serem enterrados sob as ruínas.

Serão vistos, errando pelos caminhos, a pedir aos transeuntes alguns farrapos com que cobrir-se a nudez, um pouco de pão preto para apaziguar a fome, e não sei se conseguirão.

E haverá homens dominados pela sede de sangue, que adorarão a morte e desejarão que os outros a adorem.

E a morte estenderá sua mão de esqueleto como para abençoá-los, e essa bênção descerá sobre o coração deles, e ele cessará de bater.

E os sábios serão ofuscados em sua ciência, e ela lhes aparecerá como um pontinho negro, quando o sol das inteligências se erguer.

E, à medida que subir, seu calor fundirá as nuvens amontoadas pela tempestade, e elas não passarão de leve vapor que um vento suave expulsará para o poente.

Jamais o céu terá ficado tão sereno, nem a terra tão verde e fecunda.

E, em vez do fraco crepúsculo que chamamos dia, uma luz viva e pura se irradiará do alto, como reflexo da face de Deus.

E os homens se olharão nessa luz, e dirão: Não nos conhecemos nem aos outros: não sabíamos o que é o homem. Agora sabemos.

E cada um se amará em seu irmão e ficará feliz em servi-lo; e não haverá grandes e pequenos, devido ao amor que tudo iguala, e todas as famílias serão uma só, e todas as nações uma só.

É este o sentido das letras misteriosas que os judeus cegos fixaram na Cruz do Cristo[3].

XXV

Era noite de inverno. O vento soprava fora, e a neve embranquecia os telhados.

Sob um desses tetos, num quarto estreito, estavam sentadas, ocupadas com trabalhos manuais, uma mulher de cabelos brancos e uma moça.

E de vez em quando a anciã aquecia as mãos pálidas sobre um pequeno braseiro. Uma lâmpada de argila iluminava a pobre morada, e um raio da lâmpada vinha extinguir-se sobre uma imagem da Virgem pendurada na parede.

E a jovem, erguendo os olhos, contemplou em silêncio a mulher de cabelos brancos por alguns momentos; depois lhe disse: Minha mãe, nem sempre viveste nesta miséria.

E em sua voz havia uma doçura e uma ternura inexprimíveis.

E a mulher de cabelos brancos respondeu: Minha filha, Deus é senhor: o que faz é bem feito.

Após pronunciar essas palavras, calou-se por algum tempo; em seguida, continuou:

Quando perdi teu pai, acreditei que para tamanha dor não haveria consolo; tu me ficaste, mas naquela época eu só tinha um sentimento. Depois, comecei a achar que, se ele estivesse vivo e nos visse nesta penúria, ficaria com a alma em pedaços; e reconheci que Deus fora bom para com ele.

A moça nada respondeu, mas baixou a cabeça, e as lágrimas que tentava esconder caíram sobre a tela que tinha nas mãos.

A mãe acrescentou: Deus, que foi bom para ele, também foi bom para nós. O que nos faltou, enquanto a outros falta tudo?

É verdade que tivemos de nos acostumar com pouco e mesmo esse pouco temos de ganhar com nosso trabalho; mas esse pouco não basta? E desde o início não foram todos condenados a viver de seu trabalho?

Em sua bondade, Deus dá-nos o pão de cada dia; quantos não o têm! Um abrigo, e quantos não sabem para onde ir?

Ele te deu a mim, filha: de que poderia me queixar?

Ouvindo estas últimas palavras, a moça, comovida, caiu no regaço da mãe, tomou suas mãos, beijou-as e inclinou-se sobre seu peito, chorando.

E a mãe, esforçando-se por erguer a voz, disse: Minha filha, a felicidade não é possuir muito, mas ter esperança e amar muito.

Nossa esperança não está aqui na terra, tampouco nosso amor, ou, se está, é só de passagem.

Depois de Deus, és tudo para mim nesse mundo; mas este mundo se desvanece como um sonho, e é por isso que meu amor se ergue contigo para outro mundo.

Quando eu te carregava no ventre, um dia orei com muito ardor para a Virgem Maria, e ela me apareceu em sono, e, com um sorriso celeste, pareceu-me que me apresentava uma criancinha.

Tomei a criança que ela me apresentava, e, enquanto a segurava nos braços, a Virgem-Mãe pousou sobre sua cabeça uma coroa de rosas brancas.

Poucos meses depois nasceste, e a doce visão permanecia diante de meus olhos.

Dito isso, a mulher de cabelos brancos estremeceu e estreitou a moça junto ao coração.

Algum tempo mais tarde, uma alma santa viu duas formas luminosas subindo para o céu, acompanhadas por um grupo de anjos, e o ar ressoava com seus cantos de alegria[1].

XXVI

O que vossos olhos vêem, o que vossas mãos tocam, não passam de sombras, e o som que atinge vossos ouvidos não passa de eco grosseiro da voz íntima e misteriosa que adora, e ora, e geme no seio da criação[1].

Pois toda criatura geme, toda criatura está em trabalho de parto e esforça-se por nascer para a vida verdadeira, por passar das trevas para a luz, da região das aparências para a das realidades.

Esse sol tão brilhante, tão belo, não passa de roupagem, de emblema escuro do verdadeiro sol, que ilumina e aquece as almas[2].

Esta terra, tão rica, tão verdejante, não passa de pálido sudário da natureza: pois a natureza, também caída, desceu como o homem para a sepultura, mas, como ele, dela sairá.

Sob esse espesso invólucro do corpo, assemelhais-vos ao viajante que, à noite na tenda, vê ou acredita ver fantasmas passando.

O mundo real está velado para vós. Aquele que se retira para o fundo de si ali o entrevê como algo longínquo. Poderes secretos, que nele dormitam, despertam por um momento, erguem uma ponta do véu que o tempo retém com sua mão enrugada, e o olho interior encanta-se com as maravilhas que contempla.

Estais sentado à beira do oceano dos seres, mas não penetrais em suas profundezas. Caminhais à noite ao longo do mar e só vedes um pouco de espuma que a vaga lança nas margens.

A que mais vos posso comparar?[3]

Sois como a criança no ventre da mãe, aguardando a hora do nascimento; como o inseto alado no verme que rasteja, aspirando a sair da prisão terrestre para alçar vôo rumo ao céu.

XXVII

Quem se comprimia em torno de Cristo para ouvir sua palavra? O povo[1].
Quem o seguia pelas montanhas e pelos desertos para escutar seus ensinamentos? O povo[2].
Quem o queria para rei? O povo[3].
Quem estendia suas vestes e jogava palmas diante dele clamando Hossana, quando ele entrou em Jerusalém? O povo[4].
Quem se escandalizava com as curas de enfermos em dia de *shabbat*? Os escribas e os fariseus[5].
Quem o interrogava insidiosamente e lhe estendia armadilhas para destruí-lo? Os escribas e os fariseus[6].
Quem dele dizia: Está possuído? Quem dizia ser ele homem amante dos prazeres e da boa mesa? Os escribas e os fariseus[7].
Quem o tratava de sedicioso e blasfemador? Quem se aliou para levá-lo à morte? Quem o crucificou no Calvário entre dois ladrões?[8]
Os escribas e os fariseus, os doutores da lei, o rei Herodes e seus cortesãos, o governador romano e o Príncipe dos sacerdotes.
Sua astúcia hipócrita enganou o próprio povo. Levou-o a pedir a morte daquele que o alimentara no de-

serto com sete pães, que devolvia a saúde aos enfermos, a visão aos cegos, a audição aos surdos, e aos paralíticos o uso de seus membros[9].

Mas ao ver que ele fora seduzido como a serpente seduzira a mulher, Jesus orou ao pai, dizendo: *Pai, perdoai-os, pois não sabem o que fazem.*

E, contudo, após dezoito séculos, o Pai ainda não os perdoou, e eles arrastam seu suplício pela terra inteira, e pela terra inteira o escravo é obrigado a abaixar-se para vê-los.

A misericórdia de Cristo não tem exclusão. Ele veio a este mundo para salvar, não alguns homens, mas todos os homens; para cada um deles houve uma gota de sangue.

Porém sua predileção era para os pequenos, os fracos, os humildes, os pobres, todos os que sofriam.

Seu coração batia no coração do povo, e o coração do povo batia em seu coração.

E é ali, no coração de Cristo, que os povos doentes ganham nova vida, e que os povos oprimidos ganham força para se libertar.

Malditos sejam os que dele se afastam, os que o renegam! Sua miséria é irremediável, e sua servidão eterna.

XXVIII

Viram-se tempos em que o homem, ao imolar o homem cujas crenças diferiam das suas, tinha certeza de estar oferecendo um sacrifício agradável a Deus[1].

Abominai esses assassinatos execráveis.

Como o assassinato do homem poderia agradar a Deus, que disse ao homem: *Não* matarás?[2]

Quando o sangue do homem escorre sobre a terra como oferenda a Deus, os demônios acorrem para bebê-lo e entram naquele que o derramou.

Só começa a perseguir quem perdeu a esperança de convencer, e quem perde a esperança de convencer, ou blasfema em silêncio contra o poder da verdade, ou carece de confiança na verdade das doutrinas que anuncia.

O que há de mais insensato do que dizer aos homens: Crer ou morrer!

A fé é filha do Verbo: penetra nos corações com a palavra, e não com o punhal.

Jesus passou fazendo o bem, cativando pela bondade e tocando pela mansidão as almas mais empedernidas.

Seus lábios divinos abençoavam, e não amaldiçoavam, a não ser os hipócritas. Não escolheu carrascos como apóstolos.

Dizia aos seus: Deixai que cresçam juntos, até a colheita, o bom e o mau grão; o pai de família saberá separá-los na eira.

E àqueles que o instavam a desatar o fogo dos céus sobre uma cidade incrédula: *Não sabeis de que espírito sois*[3].

O espírito de Jesus é um espírito de paz, misericórdia e amor.

Os que em seu nome perseguem, os que perscrutam consciências com a espada, os que torturam os corpos para converter a alma, que provocam o pranto em vez de enxugá-lo, estes não têm o espírito de Jesus.

Ai de quem profana o Evangelho, transformando-o em objeto de terror para os homens! Ai de quem escreve a boa nova numa folha ensangüentada!

Lembrai-vos das catacumbas.

Naqueles tempos, éreis arrastados para o cadafalso, entregues às feras no anfiteatro para divertir a populaça, lançados aos milhares no fundo das minas e nas prisões, vossos bens eram confiscados, éreis pisoteados como a lama das praças públicas[4], e para celebrar vossos mistérios proscritos não tínheis outro abrigo senão as entranhas da terra.

O que diziam vossos perseguidores? Diziam que propagáveis doutrinas perigosas; que vossa seita, como a chamavam, perturbava a ordem e a paz pública: que éreis violadores das leis e inimigos do gênero humano, e abaláveis o império abalando a religião do império.

E, em meio a essa aflição, sob essa opressão, o que pedíeis? A liberdade. Reclamáveis o direito de obedecer apenas a Deus, de servi-lo e de adorá-lo de acordo com vossa consciência.

Quando, mesmo se enganando em sua fé, outros reclamarem de vós esse direito sagrado, respeitai-o, como pedíeis que os pagãos o respeitassem em vós.

Respeitai-os para não desonrar a memória de vossos confessores e não conspurcar as cinzas de vossos mártires.

A perseguição tem dois gumes: fere à direita e à esquerda.

Se não vos lembrardes mais dos ensinamentos de Cristo, lembrai-vos das catacumbas.

XXIX

Conservai com cuidado na alma a justiça e a caridade; elas serão vossa salvaguarda, banirão de vosso meio discórdias e dissensões.

O que produz discórdias e dissensões, o que gera processos que escandalizam as pessoas de bem e arruínam as famílias, é, em primeiro lugar, o interesse sórdido, a paixão insaciável de adquirir e possuir.

Combatei sem trégua em vós essa paixão que Satã excita em vós sem trégua.

O que levareis de todas as riquezas que tereis acumulado por bons e maus meios? Ao homem, que vive tão pouco tempo, o pouco basta[1].

Outra causa de dissensões intermináveis são as más leis.

Ora, praticamente só existem más leis no mundo.

Que outra lei é necessária àquele que tem a lei de Cristo?

A lei de Cristo[2] é clara, é santa, e ninguém que tiver essa lei no coração terá dificuldade de se julgar.

Ouvi o que me foi dito.

Se tiverem alguma desavença entre si, os filhos de Cristo não devem levá-las aos tribunais daqueles que oprimem a terra e a corrompem.

Não existem anciãos entre eles? E esses anciãos não são seus pais, que conhecem a justiça e a amam?

Que recorram portanto a um desses anciãos e lhe digam: Meu pai, não conseguimos entrar em acordo, eu e meu irmão aqui ao meu lado; nós vos pedimos, julgai entre nós.

E o ancião ouvirá as palavras de um e de outro, sentenciará e, após julgá-los, os abençoará.

E, se eles se submeterem a esse julgamento, a bênção permanecerá sobre eles: se não, tornará ao ancião que tiver julgado de acordo com a justiça.

Nada existe que não seja possível aos que estão unidos, seja para o bem, seja para o mal. O dia, portanto, em que estiverdes unidos será o dia de vossa libertação.

Quando os filhos de Israel estavam sendo oprimidos em terra do Egito, se cada um deles, esquecendo-se dos irmãos, quisesse fugir, nem um só teria escapado; saíram todos juntos, e ninguém os detivera.

Estais também em terra do Egito, encurvados sob o cetro do faraó e sob o açoite de vossos exatores. Clamai pelo Senhor vosso Deus, depois erguei-vos e saí juntos[3].

XXX

Quando a caridade arrefeceu e a injustiça começou a crescer sobre a terra, Deus disse a um de seus servidores: Vai falar com esse povo de minha parte e anuncia-lhe o que vires; e o que vires com certeza acontecerá, a não ser que, abandonando esses maus caminhos, ele se arrependa e volte a mim[1].

E o servidor de Deus obedeceu à sua ordem, e, vestindo um saco e espalhando cinzas sobre a cabeça, dirigiu-se àquela multidão e, erguendo a voz, disse:

Por que irritais o Senhor para a vossa perdição? Abandonai os maus caminhos: arrependei-vos e voltai a ele.

E alguns, ouvindo suas palavras, por ela foram tocados, e os outros delas zombaram dizendo: Quem é esse e o que vem nos dizer? Quem o encarregou de nos repreender? É um insensato[2].

E então o Espírito de Deus arrebatou o profeta, e o tempo abriu-se diante de seus olhos, e os séculos passaram diante dele[3].

E de repente, rasgando suas vestes, disse: Assim será dilacerada a família de Adão.

Os homens iníquos mediram à risca a terra: contaram seus habitantes, como se conta o gado, cabeça por cabeça.

Disseram: Vamos dividir isto entre nós e transformar tudo em moeda que nos seja útil.

E a partilha foi feita: e cada um tomou o que lhe coube, e a terra e seus habitantes tornaram-se propriedade dos homens iníquos e, deliberando entre si, perguntaram: Quanto vale vossa possessão? E todos juntos responderam: Trinta denários[4].

E começaram a traficar entre si com esses trinta denários.

Houve vendas, compras, trocas; de homens por terra, de terra por homens, e ouro como troco.

E cada qual cobiçou a parte do outro, e eles começaram a matar-se uns aos outros para despojar-se mutuamente, e, com o sangue que corria, escreveram em um pedaço de papel: Direito, e em outro: Glória.

Senhor, basta, basta!

E aí estão dois deles lançam suas grilhetas sobre um povo. Cada um fica com um naco.

A espada passou e repassou. Estais ouvindo esses gritos lancinantes? São os queixumes das jovens esposas e os lamentos das mães.

Dois espectros se esgueiram na sombra; percorrem os campos e as cidades. Um, descarnado como um esqueleto, rói uns restos de animal imundo; o outro tem na axila uma pústula negra, e os chacais o seguem uivando.

Senhor, senhor, vossa fúria será eterna? Vosso braço jamais se estenderá a não ser para punir? Poupai os pais por causa dos filhos. Deixai-vos enternecer pelos prantos dessas pobres criaturinhas que ainda não sabem distinguir a mão esquerda da direita.

O mundo está crescendo, a paz vai renascer, haverá lugar para todos[5].

Desgraça! Desgraça! o sangue transborda: cerca a terra como um cinturão vermelho.

Quem é esse ancião que fala de justiça, enquanto segura numa das mãos uma taça envenenada e com a outra acaricia uma prostituta que o chama de pai?[6]

Ele diz: A mim pertence a raça de Adão. Dize quais de vós sois os mais fortes, e eu a disputarei convosco.

E, dito e feito, sem se erguer do trono designa uma presa para cada um.

E todos devoram, devoram; e a fome deles aumenta, e eles precipitam-se uns sobre os outros, e a carne palpita, os ossos quebram-se entre os dentes.

Abre-se um mercado, e para ele as nações são levadas com a corda no pescoço; são apalpadas, pesadas, ordenam-lhes que corram e andem: valem tanto. Não é mais o tumulto e a confusão de antes, é um comércio regular.

Bem-aventuradas as aves do céu e os animais da terra![7] Ninguém os força, vêm e vão conforme a sua vontade.

Que mós são essas que giram sem cessar e o que moem?

Filhos de Adão, essas mós são as leis dos que vos governam, e sois vós que elas moem.

E, à medida que o profeta lançava esses clarões sinistros sobre o futuro, um temor misterioso apoderava-se aos poucos dos que o ouviam.

De repente sua voz deixou de ser ouvida, e ele pareceu absorto em pensamento profundo. O povo aguardava em silêncio, com o peito apertado e palpitante de angústia.

Então o profeta: Senhor, não haveis abandonado este povo em sua miséria; não o entregastes para sempre a seus opressores.

E ele pegou dois ramos, deles tirou as folhas, atou-os cruzados e ergueu-os acima da multidão, dizendo: Esta será vossa saudação; vencereis com esse sinal[8].

E anoiteceu, e o profeta desapareceu como uma sombra que passa, e a multidão dispersou-se por todos os lados nas trevas.

XXXI

Quando, após longa seca, a chuva amena cai sobre a terra, esta sorve com avidez a água do céu, que a refresca e fecunda.

Assim as nações alteradas beberão com avidez a palavra de Deus quando esta palavra sobre elas descer como onda tépida.

E em seu seio germinarão a justiça com o amor, a paz e a liberdade.

E será como nos tempos em que todos eram irmãos, e não mais se ouvirá a voz do senhor, nem do escravo, nem os gemidos do pobre, nem os suspiros dos oprimidos, porém cânticos de alegria e bênção.

Os pais dirão aos filhos: Nossos primeiros dias foram conturbados, cheios de lágrimas e angústias. Agora o sol se ergue e se põe sobre nosso júbilo. Louvado seja Deus, que nos mostrou esses bens antes de morrermos!

E as mães dirão às filhas: Observai nossas frontes, agora tão calmas; a desolação, a dor, a preocupação nelas outrora escavaram sulcos profundos. As vossas são como a superfície de um lago na primavera, que nenhuma brisa agita. Louvado seja Deus, que nos mostrou esses bens antes de morrermos!

E os rapazes dirão às virgens: Sois belas como as flores dos campos, puras como o orvalho que as refresca, como a luz que as colore. É bom ver nossos pais, é bom estar junto de nossas mães, mas quando vos vemos e estamos perto de vós em nossas almas ocorre algo que só tem nome no céu. Louvado seja Deus que nos mostrou esses bens antes de morrermos.

E as virgens responderão: As flores fenecem, passam; chega um dia em que nem o orvalho as refresca, nem a luz as colore mais. Na terra, apenas a virtude jamais fenece nem passa. Nossos pais são como a espiga que se enche de grãos no outono, e nossas mães são como a vinha que se carrega de frutos[1]. É bom ver nossos pais: é bom estar perto de nossas mães, e os filhos de nossos pais e de nossas mães também nos deleitam. Louvado seja Deus que nos mostrou esses bens antes de morrermos.

XXXII

Eu via uma faia de altura prodigiosa. Do cimo até quase embaixo, espalhava ramos enormes que cobriam a terra ao redor, de sorte que esta estava nua; não havia uma única haste de relva. Do pé da gigantesca árvore partia um carvalho que, após erguer-se alguns pés, curvava-se e contorcia-se para, depois, estender-se horizontalmente, endireitar-se e novamente contorcer-se; finalmente, alongava a cabeça magra e desfolhada por debaixo dos ramos vigorosos da faia para buscar um pouco de ar e um pouco de luz.

E pensei: é assim que os pequenos crescem à sombra dos grandes.

Quem se reúne em torno dos poderosos do mundo? Quem deles se aproxima? Não é o pobre, pois o expulsam, já que sua aparência lhes conspurca a visão. São cuidadosamente afastados de sua presença e de seus palácios; nem mesmo o deixam atravessar seus jardins abertos para todos, exceto para ele, porque seu corpo desgastado pelo trabalho está recoberto com as vestes da indigência.

Portanto, quem se reúne em torno dos poderosos do mundo? Os ricos e os bajuladores, que desejam tornar-se poderosos, as mulheres perdidas, os ministros infames de seus prazeres secretos, os bufões, os loucos que lhes distraem a consciência e os falsos profetas que a enganam.

Quem mais? Os homens de violência e artifício, os agentes de opressão, os duros exatores, todos os que dizem: Entregai-me o povo, e faremos seu ouro correr para vossos cofres, e sua gordura para vossas veias.

Ali onde o corpo jaz, as águias se agruparão[1].

As avezinhas fazem ninho na relva, e as aves de rapina em árvores altas[2].

XXXIII

Na época em que as folhas amarelam, um ancião carregado com um fardo de ramagens voltava devagar à sua choupana situada na vertente de um vale.

E do lado em que o vale se abria, entre algumas árvores espalhadas aqui e ali, viam-se os raios oblíquos do sol, que já se escondera atrás do horizonte, a brincar nas nuvens do poente e tingi-las de um sem-número de cores que aos poucos se iam apagando.

E, ao chegar à choupana, seu único bem com o pequeno campo que cultivava ao lado dela, o ancião deixou cair o fardo de ramagens, sentou-se em um banco de madeira enegrecido pela fumaça do fogão e baixou a cabeça sobre o peito em profundo devaneio.

E vez por outra de seu peito inflado escapava um curto soluço, e com voz entrecortada ele dizia:

Eu só tinha um filho, que levaram embora; só uma vaca, que levaram como imposto de meu campo.

E em seguida, com a voz mais fraca, repetia: Meu filho, meu filho!, e uma lágrima vinha molhar suas velhas pálpebras, mas não conseguia cair[1].

E estando assim contristado, ouviu alguém dizer: Meu pai, que a bênção de Deus recaia sobre vós e sobre os vossos!

Os meus, disse o ancião, não tenho mais ninguém que se importe comigo: estou só.

E, erguendo os olhos, viu um peregrino de pé à porta, apoiado num longo cajado; e, sabendo que é Deus quem envia os hóspedes, disse-lhe:

Que Deus retribua vossa bênção. Entrai, filho: tudo o que o pobre tem é do pobre.

E, pondo seu fardo de ramagens a queimar no fogão, começou a preparar a refeição do viajante.

Mas nada conseguia distraí-lo do pensamento que o oprimia: este continuava em seu coração.

E o peregrino, quando soube o que perturbava o ancião tão amargamente, disse-lhe: Meu pai, Deus vos está provando pela mão dos homens. No entanto, existem misérias maiores que a vossa. Não é o oprimido quem mais sofre, são os opressores.

O ancião meneou a cabeça e não respondeu.

O peregrino continuou: Aquilo em que agora não credes, logo crereis.

E, fazendo-o sentar-se, pousou as mãos sobre seus olhos; e o ancião caiu num sono semelhante ao sono pesado, tenebroso, cheio de horror, que tomou conta de Abrão quando Deus lhe mostrou os futuros infortúnios de sua raça[2].

E pareceu-lhe estar sendo transportado para um vasto palácio, para junto de um leito, e, ao lado deste, havia uma coroa e, no leito, um homem dormia, e o ancião enxergava tudo o que acontecia naquele homem, assim como de dia, durante a vigília, vemos o que acontece diante de nossos olhos.

E o homem que ali estava, deitado em leito de ouro, ouvia como os gritos confusos de uma multidão a pedir pão. Era um rumor semelhante ao das ondas que quebram na costa durante a tempestade. E a tempestade aumentava; e o rumor aumentava; e o homem que estava dormindo via as ondas subir cada vez mais e já quebrar contra os muros do palácio, e ele fazia esforços inauditos como para fugir, e não conseguia, e a sua angústia era extrema[3].

Enquanto contemplava com pavor, o ancião foi de repente transportado para outro palácio. O homem que lá estava deitado mais parecia um cadáver que um ser vivo.

E, em seu sono, via diante de si cabeças cortadas; e, abrindo a boca, essas cabeças diziam:

Éramos devotados a ti, e eis a recompensa que recebemos. Dorme, dorme, nós não dormimos. Velamos a hora da vingança: ela está próxima.

E o sangue congelava nas veias do homem adormecido. E ele se dizia: Se ao menos eu pudesse deixar minha coroa para esta criança; e seus olhos desvairados voltavam-se para um berço sobre o qual haviam colocado um diadema de rainha.

Mas, quando começava a acalmar-se e a consolar-se um pouco desse pensamento, outro homem, de traços semelhantes aos seus, arrebatou a criança e esmagou-a contra a muralha.

E o ancião sentiu-se desfalecer de horror[4].

E foi transportado no mesmo instante para dois lugares diferentes; e, embora separados, esses lugares para ele eram um só lugar.

E ele viu dois homens que, pela idade, poderiam ser tomados pelo mesmo homem; e ele compreendeu que haviam sido alimentados no mesmo seio.

E o sono de ambos era o sono do condenado que espera o suplício ao despertar. Sombras envolvidas em mortalhas sangrentas passavam diante deles, e cada uma delas, ao passar, tocava-os, e os membros deles se retraíam e contraíam como para fugir daquele toque da morte.

Depois, eles entreolhavam-se com uma espécie de sorriso terrível, e seus olhos inflamavam-se, e suas mãos agitavam-se convulsivamente sobre cabos de punhais[5].

E o ancião viu em seguida um homem lívido e magro. As suspeitas insinuavam-se em profusão junto a seu leito, destilavam veneno em seu rosto, murmuravam em voz baixa palavras sinistras e enfiavam lentamente as unhas em seu crânio encharcado de suor frio. E uma forma humana, pálida como um sudário, dele se aproximou e, sem falar, mostrou-lhe com o dedo uma marca lívida que tinha em torno do pescoço. E no leito em que jazia, os joelhos do homem pálido chocaram-se, e sua boca entreabriu-se de terror, e seus olhos dilataram-se horrivelmente[6].

E o ancião, transido de terror, foi transportado para um palácio maior.

E aquele que ali dormia só conseguia respirar com extremo esforço. Um espectro negro estava de cócoras sobre seu peito e contemplava-o zombando. E falava-lhe ao ouvido, e suas palavras tornavam-se visões na alma do homem, que ele apertava e esmagava com seus ossos pontudos.

E este via-se rodeado por uma enorme multidão que vociferava de modo pavoroso.

Prometeste-nos a liberdade e deste-nos a escravidão.

Prometeste reinar segundo as leis, e tuas leis não passam de caprichos teus.

Prometeste poupar o pão de nossas mulheres e de nossos filhos e dobraste nossa miséria para aumentar teus tesouros.

Prometeste-nos a glória, e granjeaste para nós o desprezo e o ódio justo dos povos.

Desce, desce, e vai dormir com os perjuros e os tiranos.

E ele sentia-se precipitado, arrastado por aquela multidão, e agarrava-se a sacos de ouro, e os sacos esburacavam-se, e o ouro escapava e caía no chão.

E parecia-lhe estar vagando pobre pelo mundo e que, sentindo sede, pedia água por caridade, e apresentavam-lhe um copo cheio de lama, e que todos dele fugiam, todos o amaldiçoavam, porque sua testa estava marcada com o sinal dos traidores[7].

E o ancião desviou os olhos com nojo.

E, em dois outros palácios, viu dois outros homens sonhando com suplícios, pois, diziam, onde encontraremos alguma segurança? Sob nossos pés o solo está minado; as nações nos execram; as próprias criancinhas pedem a Deus em suas preces da noite e da manhã que a terra fique livre de nós.

E um condenava à *prisão dura*, ou seja, a todas as torturas do corpo e da alma e à morte pela fome, alguns infelizes sob suspeita de terem pronunciado a palavra pátria; e o outro, após confiscar os bens de duas jovens, ordenava que elas fossem lançadas ao fundo de uma masmorra, acusadas de prestar assistência aos irmãos feridos, num hospital[8].

E, enquanto se afadigavam nessa lida de carrascos, chegaram mensageiros.

E um dos mensageiros dizia: Vossas províncias do sul romperam os grilhões, e com seus destroços expulsaram vossos governadores e vossos soldados.

E o outro: Vossas águias foram diliaceradas à beira do rio largo: seus restos estão sendo levados pela correnteza.
E os dois reis contorciam-se em seu leito[9].

E o ancião viu um terceiro soberano. Este expulsara Deus do coração[10], e em seu coração, no lugar de Deus, havia um verme que o roía sem trégua[11]; e, quando a angústia voltava mais vívida, ele balbuciava surdas blasfêmias, e seus lábios cobriam-se de uma espuma avermelhada.

E parecia-lhe estar numa planície imensa, sozinho com o verme que não o abandonava. E essa planície era um cemitério, cemitério de um povo assassinado[12].

E de repente, eis que a terra se subleva; os túmulos abrem-se, os mortos erguem-se e avançam em multidão: e ele não conseguia esboçar nenhum movimento, sequer um grito[13].

E todos aqueles mortos, homens, mulheres, crianças, olhavam-no em silêncio: e, depois de algum tempo, no mesmo silêncio, tomaram as pedras dos túmulos e colocaram-nas ao redor dele.

A princípio, as pedras subiam-lhe até os joelhos, depois até o peito, depois até a boca, e ele esticava com esforço os músculos do pescoço para respirar uma vez mais, e o edifício continuava subindo e, quando terminou, o cume se perdia em bruma sombria[14].

As forças do ancião começavam a abandoná-lo; o pavor assoberbava-lhe a alma.

E eis que, depois de atravessar várias salas desertas, num quartinho, sobre um leito mal iluminado por pálida lâmpada, ele divisou um homem decrépito. Junto à cabeceira estavam sete medos, quatro de um lado, três do outro.

E um dos medos pousou a mão no coração do homem idoso, e ele estremeceu, e seus membros tremeram: e a mão ali permaneceu enquanto sentiu ainda um pouco de calor.

E depois desta, uma outra mão mais fria fez o que fizera a primeira, e todas pousaram a mão no coração do homem idoso.

E aconteceram nele coisas que não é possível revelar.

Ele via ao longe, na direção do pólo, um fantasma horrível que lhe dizia: Entrega-te, que te aquecerei com meu hálito.

E, com seus dedos gelados, o homem de medo redigia um pacto, não sei que pacto, mas cada palavra era como um estertor de agonia.

E foi a última visão. E, tendo o ancião despertado, deu graças à Providência por ter-lhe ela participado as dores da vida.

E o peregrino disse-lhe: Espera e ora; a oração tudo obtém. Teu filho não está perdido; teus olhos voltarão a vê-lo antes de se fecharem. Aguarda em paz os dias de Deus[15].

E o ancião aguardou em paz.

XXXIV

Os males que afligem a terra não provêm de Deus, pois Deus é amor, e tudo o que ele fez é bom; provêm de Satã, amaldiçoado por Deus, e dos homens que têm Satã por pai e senhor.

Ora, são em grande número os filhos de Satã no mundo. À medida que por aqui passam, Deus escreve seus nomes num livro selado, que será aberto e lido diante de todos no final dos tempos.

Há homens que amam apenas a si mesmos; e estes são homens de ódio, pois amar apenas a si mesmo é odiar os outros.

Existem os homens de orgulho, que não suportam os iguais e querem sempre dar ordens e dominar.

Existem homens de cobiça, que incessantemente pedem ouro, honras, prazeres, e nunca se saciam.

Existem homens de rapina, que espreitam o fraco para despojá-lo à força ou por astúcia, e que à noite rondam a viúva e o órfão.

Existem homens de assassínio, que só têm pensamentos violentos, que dizem: Sois nossos irmãos, e matam aqueles a quem chamam de irmãos tão logo suspeitem que eles se opõem a seus desígnios, escrevendo leis com sangue.

Há homens de medo, que tremem diante do malvado e beijam-lhe a mão, com isso esperando escapar de sua opressão, e que, quando um inocente é atacado em praça pública, voltam correndo para casa e fecham a porta.

Todos esses homens destruíram a paz, a segurança e a liberdade na terra.

Portanto, só encontrareis liberdade, segurança e paz combatendo-os sem trégua.

A cidade que construíram é a cidade de Satã; tendes de reconstruir a cidade de Deus[1].

Na cidade de Deus, todos amam seus irmãos como a si mesmos, e por isso lá ninguém é abandonado, ninguém sofre se houver remédio para seus sofrimentos.

Na cidade de Deus, todos possuem sem medo o que lhes pertence, e não desejam mais nada, pois o que é de um é de todos, e todos possuem Deus, que encerra todos os bens.

Na cidade de Deus, ninguém sacrifica os outros em favor próprio, mas todos estão prontos a sacrificar-se pelos outros.

Na cidade de Deus, se acaso um malvado se insinuar, todos se afastam dele, e todos se unem para contê-lo ou afugentá-lo: pois o malvado é o inimigo de cada um dos habitantes, e o inimigo de um é inimigo de todos.

Quando tiverdes reconstruído a cidade de Deus, a terra e os povos voltarão a florescer, porque tereis vencido os filhos de Satã que oprimem os povos e desolam a terra: homens de orgulho, homens de rapina, homens de assassínio e homens de medo.

XXXV

Se os opressores das nações ficassem entregues a si mesmos, sem apoio, sem o socorro alheio, que poder teriam contra elas?

Se, para mantê-las em servidão, só tivessem por ajuda a ajuda daqueles a quem essa servidão aproveita, o que seria dessas poucas pessoas contra povos inteiros?

E é a sabedoria de Deus que dispôs as coisas dessa maneira, a fim de que os homens sempre pudessem escapar à tirania; e a tirania seria impossível se os homens compreendessem a sabedoria de Deus.

Mas, devotando o coração a outros pensamentos, os dominadores do mundo opuseram à sabedoria de Deus, que os homens não mais compreendiam, a sabedoria do príncipe deste mundo, de Satã[1].

Ora, Satã, que é o rei dos opressores das nações, sugeriu-lhes um ardil infernal para fortalecer sua tirania.

Disse-lhes: Eis o que é preciso fazer. Tomai em cada família os jovens mais robustos, dai-lhes armas e exercitai-os no seu manejo, e eles combaterão por vós contra seus pais e irmãos; pois os convencerei de que essa é uma ação gloriosa.

Criarei para eles dois ídolos, que se chamarão Honra e Fidelidade, e uma lei que se chamará Obediência Passiva[2].

E eles adorarão esses ídolos e submeter-se-ão a essa lei cegamente, pois lhes seduzirei o espírito, e não tereis mais nada que temer.

E os opressores das nações fizeram o que Satã lhes dissera, e também Satã cumpriu o que prometera aos opressores das nações.

E viram-se os filhos do povo erguer a mão contra o povo, assassinar os irmãos, acorrentar os pais e até esquecer as entranhas que os geraram.

E quando lhes diziam: Em nome de tudo o que é sagrado, pensai na injustiça, na atrocidade do que vos ordenam, eles respondiam: Não pensamos, obedecemos.

E quando lhes diziam: Não há mais em vós nenhum amor por vossos pais, por vossas mães, por vossos irmãos e irmãs? Eles respondiam: Não amamos, obedecemos.

E quando lhes mostravam os altares de Deus, que criou o homem, e de Cristo, que o salvou, eles exclamavam: São aqueles outros os deuses da pátria; nossos deuses são os deuses dos senhores da pátria, são a Fidelidade e a Honra.

Eu em verdade vos digo que desde a sedução da primeira mulher pela Serpente não houve sedução mais aterrorizante do que esta.

Mas está chegando ao fim. Quando o espírito mau fascina as almas corretas, é apenas por um tempo. É como se elas passassem por um pesadelo pavoroso e, ao despertarem, abençoam Deus que as libertou do tormento.

Mais alguns dias, e os que combatiam pelos opressores combaterão pelos oprimidos; os que combatiam para manter pais, mães, irmãos e irmãs acorrentados, combaterão para libertá-los.

E Satã fugirá para suas cavernas com os dominadores das nações.

XXXVI

Jovem soldado, aonde vais?
Vou combater por Deus e pelos altares da pátria.
Que tuas armas sejam abençoadas, jovem soldado!
Jovem soldado, aonde vais?
Vou combater pela justiça, pela santa causa dos povos, pelos direitos sagrados do gênero humano.
Que tuas armas sejam abençoadas, jovem soldado!
Jovem soldado, aonde vais?
Vou combater para libertar meus irmãos da opressão, para romper seus grilhões e os grilhões do mundo.
Que tuas armas sejam abençoadas, jovem soldado!
Jovem soldado, aonde vais?
Vou combater os homens iníquos, por aqueles que eles abatem e espezinham, contra os senhores, pelos escravos, contra os tiranos, pela liberdade.
Que tuas armas sejam abençoadas, jovem soldado!
Jovem soldado, aonde vais?
Vou combater para que todos deixem de ser a presa de alguns, para erguer as cabeças baixadas e sustentar os joelhos vacilantes[1].
Que tuas armas sejam abençoadas, jovem soldado!
Jovem soldado, aonde vais?

Vou combater para que os pais deixem de amaldiçoar o dia em que lhes disseram: Nasceu-vos um filho; e as mães, o dia em que o estreitaram pela primeira vez junto ao seio[2].

Que tuas armas sejam abençoadas, jovem soldado!
Jovem soldado, aonde vais?

Vou combater para que o irmão não mais se entristeça ao ver a irmã fenecer como a relva que a terra se recusa a alimentar; para que a irmã não contemple mais a chorar o irmão que parte e não mais voltará.

Que tuas armas sejam abençoadas, jovem soldado!
Jovem soldado, aonde vais?

Vou combater para que todos comam em paz o fruto de seu trabalho; para enxugar as lágrimas das criancinhas que pedem pão e ouvem como resposta: não há mais pão, tomaram-nos o que restava[3].

Que tuas armas sejam abençoadas, jovem soldado!
Jovem soldado, aonde vais?

Vou combater pelo pobre, para que ele não seja despojado para sempre de sua parte na herança comum.

Que tuas armas sejam abençoadas, jovem soldado!
Jovem soldado, aonde vais?

Vou combater para acabar com a fome das choupanas, para trazer de volta às famílias a abundância, a segurança e a alegria.

Que tuas armas sejam abençoadas, jovem soldado!
Jovem soldado, aonde vais?

Vou combater para devolver àqueles que os opressores lançaram no fundo das masmorras o ar de que seu peito carece e a luz que seus olhos buscam.

Que tuas armas sejam abençoadas, jovem soldado!
Jovem soldado, aonde vais?

Vou combater para derrubar as barreiras que separam os povos e os impedem de abraçar-se como filhos de um mesmo pai, destinados a viver unidos no mesmo amor.

Que tuas armas sejam abençoadas, jovem soldado!

Jovem soldado, aonde vais?

Vou combater para libertar da tirania do homem o pensamento, a palavra, a consciência.

Que tuas armas sejam abençoadas, jovem soldado!

Jovem soldado, aonde vais?

Vou combater pelas leis eternas que desceram do alto, pela justiça que protege os direitos, pela caridade que suaviza os males inevitáveis[4].

Que tuas armas sejam abençoadas, jovem soldado!

Jovem soldado, aonde vais?

Vou combater para que todos tenham um Deus no céu e uma pátria na terra.

Que tuas armas sejam abençoadas, sete vezes abençoadas, jovem soldado!

XXXVII

Por que vos extenuais em vão em vossa miséria? Vosso desejo é justo, mas não sabeis como deve realizar-se.

Guardai bem esta máxima: Só pode devolver a vida quem a deu.

Em nada obtereis êxito sem Deus.

Vós vos revolveis sem cessar em vosso leito de angústia: que alívio encontrastes?

Abatestes alguns tiranos, e vieram outros piores do que os primeiros.

Abolistes leis de servidão e tivestes leis de sangue e depois mais leis de servidão.

Suspeitai, portanto, dos homens que se colocam entre Deus e vós, para escondê-lo com sua sombra. Esses homens têm maus desígnios.

Pois é de Deus que vem a força que liberta, pois é de Deus que vem o amor que une.

O que pode fazer por vós um homem que por norma só tem seu próprio pensamento, e por lei apenas a sua vontade?

Mesmo quando tem boa fé e só deseja o bem, ele precisa dar-vos sua vontade como lei e seu pensamento como norma.

Ora, isso é o que todos os tiranos fazem.

Não vale a pena subverter tudo e a tudo se expor para substituir uma tirania por outra.

A liberdade não consiste em um dominar em lugar do outro, mas na ausência de domínio.

Ora, onde Deus não reina, é necessário que um homem domine, e isso sempre aconteceu.

O reino de Deus, digo-vos ainda, é o reino da justiça nos espíritos e da caridade nos corações: e na terra seu fundamento está na fé em Deus e na fé de Cristo, que promulgou a lei de Deus, a lei da caridade e a lei da justiça.

A lei da justiça ensina que todos são iguais perante o pai, que é Deus, e perante o único senhor, que é Cristo.

A lei da caridade ensina-os a amar-se e ajudar-se uns aos outros, como filhos do mesmo pai e discípulos do mesmo senhor.

E então são livres, porque ninguém comanda ninguém se não tiver sido escolhido livremente por todos para comandar: e ninguém lhes pode arrebatar a liberdade, porque eles estão todos unidos para defendê-la.

Mas aqueles que vos dizem: Antes de nós, ninguém sabia o que é justiça; a justiça não vem de Deus, vem do homem; confiai em nós, e criaremos uma que vos satisfará.

Estes vos enganam ou, se prometem sinceramente a liberdade, enganam a si mesmos.

Pois pedem-vos que os reconheçam como senhores, e assim vossa liberdade não passaria da obediência a esses novos senhores.

Respondei-lhes que vosso senhor é Cristo, que não quereis outro senhor, e Cristo vos libertará.

XXXVIII

Precisais de muita paciência e de uma coragem incansável, pois não vencereis num dia só.

A liberdade é o pão que os povos precisam ganhar com o suor do rosto[1].

Muitos começam com ardor, e depois desanimam antes de chegarem ao tempo da colheita.

Parecem-se com os homens tíbios e covardes que, não conseguindo suportar o trabalho de arrancar as ervas daninhas de seus campos à medida que crescem, semeiam e não colhem, porque deixam a boa semente sufocar[2].

Digo-vos que nesse país sempre haverá muita fome.

Assemelham-se também aos homens insensatos que, tendo erguido até o teto uma casa que lhes sirva de abrigo, descuram-se de cobri-la por temerem um pouco mais de cansaço.

Chegam os ventos e as chuvas, e a casa desaba, e os que a construíram de repente estão sepultados sob suas ruínas[3]

Mesmo que vossas esperanças tenham sido frustadas não só sete vezes, mas setenta e sete vezes, jamais percais a esperança.

Quando se tem fé nela, a causa do justo sempre triunfa, e salva-se quem perservera até o fim.

Não digais: É muito sofrer por bens que virão tarde demais.

Se esses bens vierem tarde, se forem desfrutados pouco tempo, ou mesmo se não vos tocar desfrutá-los de modo algum, vossos filhos os desfrutarão, e também os filhos de vossos filhos.

Só terão o que lhes deixardes: pensai, portanto, se quereis deixar-lhes grilhões, açoites e fome por herança.

Aquele que pergunta quanto vale a justiça profana a justiça em seu coração; e quem avalia quanto custa a liberdade renuncia à liberdade em seu coração.

Sereis pesado pela liberdade e pela justiça na mesma balança em que as pesastes. Aprendei portanto a conhecer seu valor.

Existem povos que não as conheceram, e jamais miséria alguma se igualou à deles.

Se existe na terra algo grandioso é a resolução firme de um povo que caminha sob o olhar de Deus, sem nenhum momento de cansaço, para a conquista dos direitos que dele recebeu; povo que não conta nem seus ferimentos, nem os dias sem descanso, nem as noites sem sono, povo que diz: O que representa isso? A justiça e a liberdade são dignas de muitos outros trabalhos.

Poderá ser atingido por infortúnios, reveses, traições, ser vendido por algum Judas. Que nada o desencoraje.

Pois em verdade vos digo, quando descesse como Cristo para o túmulo, como Cristo sairia no terceiro dia, vencedor da morte, do Príncipe deste mundo e dos ministros do Príncipe desse mundo[4].

XXXIX

O lavrador carrega o peso do dia, expõe-se à chuva, ao sol, aos ventos, para preparar com seu trabalho a colheita que encherá seus celeiros no outono.
A justiça é a colheita dos povos.
O artesão levanta-se antes da aurora, acende sua pequena lâmpada e labuta sem cessar para ganhar um pouco de pão que o alimente e a seus filhos.
A justiça é o pão dos povos.
O comerciante não recusa trabalho algum, não se queixa de dor alguma; desgasta o corpo e esquece o sono a fim de acumular riquezas.
A liberdade é a riqueza dos povos.
O marinheiro atravessa os mares, entrega-se às ondas e às tempestades, aventura-se entre os rochedos, agüenta o frio e o calor a fim de garantir algum repouso para seus anos de velhice.
A liberdade é o repouso dos povos.
O soldado submete-se às mais duras privações, vela e combate, e dá o sangue por aquilo que chama de glória[1].
A liberdade é a glória dos povos.
Se existir algum povo que estime menos a justiça e a liberdade que o lavrador sua colheita, que o artesão um

pouco de pão, que o comerciante as riquezas, que o marinheiro o descanso e que o soldado a glória, erguei em torno desse povo uma alta muralha, para que seu hálito não infecte o resto da terra.

Quando chegar o grande dia do julgamento dos povos, a este será dito: O que fizeste da tua alma? Ninguém viu sinal nem vestígio dela. Os gozos bestiais foram tudo para ti. Amaste a lama, vai apodrecer na lama.

E, ao contrário, o povo que em seu coração tiver colocado os bens verdadeiros acima dos bens materiais, que para adquiri-los não tiver poupado trabalho, fadiga ou sacrifício, ouvirá esta palavra:

Aos que têm alma, a recompensa das almas. Porque amaste acima de tudo a liberdade e a justiça, vem e possui para sempre a justiça e a liberdade.

XL

Acreditais que o boi que é alimentado no estábulo para ser atrelado ao jugo, e que é engordado para o matadouro deva ser mais digno de inveja do que o touro que busca em liberdade seu alimento nas florestas?

Acreditais que a sorte do cavalo selado e arreado, que sempre tem feno em abundância na manjedoura, seja preferível à do garanhão que, livre de entraves, relincha e salta na planície?

Acreditais que o galo castrado a quem lançam grãos no galinheiro seja mais feliz que o torcaz que, pela manhã, não sabe onde encontrará o alimento do dia?

Acreditais que aquele que passeia tranqüilo por um desses parques chamados reinos tenha vida mais agradável que o fugitivo que, de bosque em bosque e de rochedo em rochedo, vai com o coração cheio de esperança de construir uma pátria?

Acreditais que o servo imbecil, sentado à mesa de seu senhor, esteja a saborear com mais prazer suas iguarias delicadas do que o soldado da liberdade o seu pedaço de pão preto?

Acreditais que aquele que dorme com a corda no pescoço, na liteira atirada pelo amo, tenha melhor sono do que aquele que, após ter combatido durante o dia para não depender de nenhum senhor, repousa por algumas horas à noite, no chão, à beira de alguma plantação?

Acreditais que o covarde, que arrasta por todas as partes os grilhões da escravidão, esteja menos sobrecarregado do que o homem de coragem que carrega ferros de prisioneiro?

Acreditais que o homem tímido que expira em seu leito, sufocado pelo ar infecto que circunda a tirania, tenha morte mais desejável que o homem firme que, no cadafalso, entrega a Deus sua alma livre, tal qual a recebeu dele?[1]

O trabalho e o sofrimento estão por toda parte, só que há trabalhos estéreis e trabalhos fecundos, sofrimentos infames e sofrimentos gloriosos.

XLI

E ele se ia errando pela terra. Que Deus guie o pobre exilado!

Passei através dos povos, e eles olharam-me, e eu olhei-os e não nos reconhecemos. O exilado está sozinho por toda parte.

Quando eu avistava, ao final do dia, erguer-se do fundo de um vale a fumaça de alguma choupana, dizia-me: Bem-aventurado aquele que à noite reencontra o lar e pode sentar-se em meio aos seus. O exilado está sozinho por toda parte.

Para onde vão essas nuvens que a tempestade afugenta? Ela me afugenta como às nuvens, e o que importa para onde? O exilado está sozinho por toda parte.

Essas árvores são belas, essas flores são belas; mas não são as flores nem as árvores de meu país: nada me dizem. O exilado está sozinho por toda parte.

Esse riacho escoa molemente pela planície; mas seu murmúrio não é aquele que minha infância ouviu: não traz qualquer recordação à minha alma. O exilado está sozinho por toda parte.

Esses cantos são doces, mas as tristezas e as alegrias que despertam não são nem minhas tristezas nem minhas alegrias. O exilado está sozinho por toda parte.

Perguntaram-me: Por que choras? E quando respondi ninguém chorou porque não me compreendiam. O exilado está sozinho por toda parte.

Vi anciãos cercados de crianças, como a oliveira de seus brotos; mas nenhum desses anciãos me chamava de filho, nenhuma dessas crianças me chamava de irmão. O exilado está sozinho por toda parte.

Vi moças sorrindo, sorriso puro como a brisa da manhã, para aquele que seu amor escolhera como esposo; mas nenhuma me sorriu. O exilado está sozinho por toda parte.

Vi jovens que se estreitavam contra o peito, como se quisessem fazer de duas vidas uma só; nenhum deles me apertou a mão. O exilado está sozinho por toda parte.

Só na pátria há amigos, esposas, irmãos e pais. O exilado está sozinho por toda parte.

Pobre exilado! Pára de gemer; todos foram banidos como tu: todos vêem passar e esvanecer-se pais, irmãos, esposas e amigos.

A pátria não é aqui embaixo; é em vão que o homem a procura aqui; aquilo que ele toma por pátria não passa de abrigo para uma noite[1].

Ele se vai errando pela terra. Que Deus guie o pobre exilado!

XLII[1]

E a pátria me foi mostrada.

Fui arrebatado para acima da região das sombras, e eu via o tempo carregá-las com velocidade indizível através do vazio, como se vê a brisa do meio-dia carregar os vapores leves que deslizam ao longe pela planície.

E eu subia, e continuava subindo; e as realidades, invisíveis aos olhos da carne[2], apareceram para mim, e ouvi sons que não têm eco neste mundo de fantasmas.

E o que ouvia, o que via, era tão vivo, minha alma captava tudo com tamanho poder que me parecia que tudo o que eu anteriormente acreditara ver e ouvir não passava de vago sonho noturno.

O que direi, pois, aos filhos da noite e o que eles conseguem compreender? E das alturas do dia eterno porventura não caí eu também com eles no seio da noite, na região do tempo e das sombras?

Via como um oceano imóvel, imenso, infinito e, nesse oceano, três oceanos: um oceano de força, um oceano de luz, um oceano de vida; e esses três oceanos, interpenetrando-se sem se confundir, formavam um único e mesmo oceano, uma mesma unidade indivisível, absoluta, eterna.

E essa unidade era Aquele que é; e, no fundo de seu ser, um nó inefável ligava entre si três Pessoas cujos nomes me foram ditos, e seus nomes eram o Pai, o Filho, o Espírito; e ali havia uma geração misteriosa, um sopro misterioso, vivo, fecundo; e o Pai, o Filho, o Espírito eram Aquele que é.

E o Pai aparecia-me como um poder que, dentro do Ser infinito, uno com ele, tem apenas um ato, permanente, completo, ilimitado, que é o próprio Ser infinito.

E o Filho aparecia-me como uma palavra, permanente, completa, ilimitada, que diz o que o poder de Deus opera, o que ele é, o que o Ser infinito é.

E o Espírito aparecia-me como o amor, a efusão, a respiração mútua do Pai e do Filho, animando-os com vida comum, animando com vida permanente, completa e ilimitada o Ser infinito.

E esses três eram um, e esses três eram Deus, e eles abraçavam-se e uniam-se no santuário impenetrável da substância una; e essa união, esse abraço, estavam no seio da imensidão, da alegria eterna, da volúpia eterna Daquele que é.

E nas profundezas desse oceano infinito do ser, nadava, flutuava e dilatava-se a criação: tal como uma ilha que dilatasse incessantemente suas margens em meio a um mar sem limites.

Ela desabrochava como uma flor que lança suas raízes nas águas e que estende seus longos filetes e suas corolas pela superfície.

E eu via os seres encadeando-se aos seres e produzindo-se e desenvolvendo-se em sua variedade inumerável, abeberando-se, nutrindo-se de uma seiva que jamais se esgota, da força, da luz e da vida d'Aquele que é.

E tudo o que me fora ocultado até então revelava-se ao meu olhar, que não era mais obstado pelo invólucro material das essências.

Livre dos entraves terrestres, eu ia de mundo em mundo, assim como aqui embaixo o espírito vai de um pensamento a outro pensamento; e, após mergulhar, perdido, nessas maravilhas do poder, da sabedoria e do amor, mergulhava, perdia-me na própria fonte do amor, da sabedoria e do poder.

E sentia o que é a pátria; e embriagava-me de luz, e minha alma, carregada por ondas de harmonia, adormecia sobre as ondas celestes, em um êxtase inenarrável.

E depois eu via Cristo à direita de seu Pai, radiante de glória imortal.

E eu via também como um cordeiro místico imolado sobre um altar, e miríades de anjos, e os homens resgatados por seu sangue cercavam-no, e, cantando louvores, rendiam-lhe graças na linguagem dos céus[3]; o sangue do Cordeiro caía sobre a natureza enfraquecida e enferma, e eu a vi transfigurar-se; e todas as criaturas que ela encerra palpitaram com nova vida, e todas ergueram a voz, e essa voz dizia:

Santo, Santo, Santo é aquele que destruiu o mal e venceu a morte[4].

E o Filho inclinou-se sobre o seio do Pai, e o Espírito cobriu-os com sua sombra, e houve entre eles um mistério divino, e os céus em silêncio estremeceram[5].

Orientação Bibliográfica

I. Obras de Lamennais

Oeuvres complètes, Daubrée et Cailleux, 1836-1837, 12 vol.
Correspondance, E. Forgues ed., Didier, Paris, 1863, 2 vol. [Essa coletânea contém principalmente as cartas para o conde e para a condessa de Senfft, para o marquês de Cariolis, para a Senhorita de Trémereuc e para a Senhorita de Lucinière.]
Correspondance générale, Louis le Guillou ed., Armand Collin, Paris, 1971-1982, 9 vol.
Lamennais d'après des documents inédits, Alfred Roussel, ed., H. Caillère, Rennes, 1892, 2 vol.
Le portefeuille de Lamennais 1818-1836. Georges Goyau ed., La renaissance du livre, Paris, 1930.
Paroles d'un croyant, prefácio de Jean Larocque, Librairie des Bibliophiles, Paris, 1890.

II. Sobre Lamennais

Henri BRÉMOND, "La Détresse de Lamennais" in *L'inquiétude religieuse*, Perrin, Paris, 1934.
Ferdinand BRUNETIÈRE, "Lamennais" in *Nouveaux essais sur la littérature contemporaine*, Calmann Lévy, Paris, pp. 31-53 (reescrito a partir de um artigo publicado em *La revue des deux mondes* em 1893).

Henri GUILLEMIN, *Pas à pas*, Gallimard, Paris, 1969.

Louis LE GUILLOU, Les discussions critiques: *Journal de la crise mennaisienne*, Armand Colin, Paris, 1967.

Yves LE HIR, *Les* Paroles d'un croyant *de Lamennais*, Armand Colin, Paris, 1949.

Ruth L. WHITE, *L'avenir de La Mennais*, Klincksieck, Paris, 1974.

III. Obras de Referência

SAINTE-BEUVE, *Pour la critique*, Annie Prassoloff e José-Luis Diaz ed., Gallimard, Paris, 1992 ("Folio essais").

Ch.-M. GRANGES, *La presse littéraire sous la Restauration (1815-1830)*, Mercure de France, Paris, 1907.

Adam MICKIEWICZ, *Livre des pèlerins polonais*, traduzido do polonês pelo conde Ch. de Montalemenbert e seguido de um *Hymne à la Pologne* de F. de La Mennais. Eugène Renduel, Paris, 1833.

Georges POULET, *La conscience critique*, Corti, Paris, 1984.

Ernest RENAN, *Essais de morale et de critique*, Michel Lévy Frères, Paris, 1859.

A. VIATTE, *Le catholicisme chez les romantiques*, Boccard, Paris, 1922.

Notas

Prefácio

1. A grafia Lamennais foi adotada pelo autor a partir de *Palavras de um homem de fé*.
2. "Bretãozinho enfermiço", segundo Bernanos.
3. Em sua correspondência já constatava: "O antigo edifício jamais se reerguerá e, sob qualquer aspecto, não seria útil que fosse reerguido. O monarquismo está-se dissolvendo. Destruído o princípio vital, esta sociedade deve morrer [...] Essa doutrina degradante leva os povos à República por uma teoria da realeza que repugna à consciência do gênero humano."
4. Sainte-Beuve publicara no ano anterior um artigo sobre o *Livre des pèlerins polonais* no *Le National*.
5. "Uma passagem do capítulo XXXIII, onde é descrita uma visão, pareceu-me ultrapassar qualquer medida no que se refere ao papa em particular e ao catolicismo. Não me entrava na cabeça que o Sr. de Lamennais, padre, que até aquela data não havia ainda rompido com Roma, pudesse permitir-se tal ousadia. Usei da faculdade que me fora dada: tomei a iniciativa de riscar duas linhas e pôr reticências."
6. Sainte-Beuve, *La revue des deux mondes*, maio de 1834.
7. O último número de *Peuple constituant* registrou estas célebres linhas de Lamennais: "Quanto a nós, soldados da imprensa, tratam-nos como ao povo, desarmam-nos. Hoje é pre-

ciso ter ouro, muito ouro, para gozar do direito de falar. Não somos ricos o suficiente. Silêncio para os pobres.

8. A divisa pessoal de Lamennais foi extraída das últimas palavras de Cristo a Judas: *Quod facis, fac citius*, "O que fizeres, faze depressa".

9. Ernest Renan ressaltou que, antes de abandonar a Igreja, ele a constituiu em partido.

10. "La détresse de Lamennais", art. cit.

11. Ernest Renan, prefácio do *Livre du peuple: du passé et de l'avenir du peuple* [Livro do povo: do passado e do futuro do povo], Michel Lévy, 1866. Que se julgue por mais estas linhas de Lamennais: "Quase não se sabe mais francês, ele não é mais escrito, não é mais falado. Se a decadência continuar, essa bela língua vai-se tornar uma espécie de jargão pouco inteligível. Os jornais e a tribuna foram os que mais contribuíram para corrompê-la, assim como certos corrilhos de autores menores em prosa e em verso, que, com um excesso nunca visto de autoconfiança e orgulho, vêm sacudir suas bobagens e sua ignorância sobre o magnífico idioma, como indigentes que viessem sacudir seus andrajos sobre os tapetes de um palácio esplêndido."

Ao Povo

1. Prefácio acrescentado em 1835 à nova edição popular Daubrée.

2. Sobre a expressão "suportar o cansaço do dia", ver *Mateus*, XX, 12; sobre os "tempos ruins", ver *Salmos*, XXXVI, 19; XL, 2, XLVIII, 6; *Amos*, V, 13; *Macabeus*, I, 5; *Epístola aos Efésios*, V, 16.

3. "A caridade tudo desculpa, tudo crê, tudo espera, tudo suporta" (*Epístola aos coríntios*, XIII, 7).

4. Na linha de São João, Lamennais vai escrever o que viu (*Apocalipse*, I, 11).

5. "Tudo o que foi escrito, anteriormente, foi escrito para nossa instrução, a fim de que, pela constância e consolação

que provêm das Escrituras, possuamos a esperança" (*Epístola aos romanos*, XV, 4). Lamennais substituiu aqui "escrito" por "feito".

I

1. Fórmula de evangelização que atesta a mensagem apostólica.
2. Essa passagem apresenta muitas semelhanças com o prólogo do Evangelho segundo São João.
3. O tema do Cristo-Luz é bíblico.
4. Cf. *Epístola aos romanos*, XIII, 11, 12.

II

1. A expressão "filho do homem" é encontrada cerca de cem vezes em *Ezequiel*.
2. Os monarcas da França e da Bélgica, Carlos X e Guilherme I, depostos pelos movimentos de 1830.
3. Alusão às lutas dos poloneses contra a Rússia. A Virgem Maria é a padroeira da Polônia.
4. Lamennais tem em vista aqui a ação dos liberais católicos da Irlanda. O *Livre des pèlerins polonais*, que usa a expressão "sinal de Cristo" para designar a cruz, vê, na Irlanda, "a Polônia do Oceano, nossa irmã em fé, destino, caráter nacional, por seis séculos de infortúnio semelhante, por sua constância invencível: assisti à sua libertação, após esforços inauditos, da masmorra para ela escavada nos abismos de uma legalidade ímpia" (Introdução).
5. Seis reis disputavam na época o território italiano: o reino das Duas Sicílias, o grão-ducado da Toscana, o ducado de Parma, o ducado de Módena, o reino do Piemonte, o reino lombardo-veneziano.
6. Imagem que representa o domo de São Pedro no Vaticano.

7. Em *L'Avenir* de 22 de dezembro de 1830, Lamennais esclarece seu pensamento: "A civilização cristã, comprimida em seus antigos limites, pressiona em todos os pontos a barbárie, que vai cedendo e recuando diante dela. Logo uma palavra poderosa e calma, pronunciada por um ancião na cidade rainha, ao pé da cruz, dará o sinal aguardado pelo mundo, da derradeira regeneração."

III

1. A origem da imagem da humanidade encerrada como um rebanho em uma caverna tem origem bíblica: *Isaías*, XLII, 22; *Miquéias*, II, 12.
2. Para os contemporâneos das *Palavras*, a caverna do terceiro capítulo estava entre as imagens mais impressionantes.

IV

1. V. *Epístola aos coríntios*, XII, 12, 26.

V

1. Na concepção de Lamennais, esse povo mártir é a Polônia.
2. O "O sangue do justo" provém de *Mateus*, XXVII, 4. Yves Le Hir lembra que "grande número de textos, principalmente nas *Epístolas*, exaltam a obra de redenção operada pelo sangue de Cristo: *Epístola aos colossenses*, I, 4; *João*, I, 7; *Apocalipse*, I, 5" (*op. cit.*, p. 104).

VI

1. "Vim para que tenham vida, e a tenham em abundância" (*João*, X, 10).
2. *Marcos*, X, 43, 44. Referência indicada por Lamennais à margem de seu manuscrito.

3. Alusão ao fariseu descrito em *Lucas*, LXVIII, 11: "Ó Deus! Rendo-vos graça por não ser como o resto dos homens!"

VII

1. Comparar com *Mateus*, VI, 26: "Olhai as aves do céu", e *Lucas*, XII, 24: "Reparai nos corvos."
2. Tradicionalmente na Bíblia sentar-se é sinal de dor. Encontra-se um eco disso em Alfred de Vigny, *La fille de Jephté* (escrito em 1820): "Depois dessas palavras, todo o exército, sentado, chorou.

VIII

1. Fórmula introdutória do *Gênese*, do Quarto Evangelho, do *Livre des pèlerins polonais*. No entanto, o *Gênese* indica que o homem foi colocado no Paraíso terrestre para lá trabalhar.
2. Inspirado na parábola do filho pródigo (*Lucas*, XV, 11 ss.).
3. Embora composta a partir de um padrão bíblico, essa reconstituição da história do trabalho é estranha à Bíblia.

IX

1. *Mateus*, VIII, 20.

X

1. Esse capítulo, escrito em 31 de maio de 1834, foi acrescentado à quarta edição de *Palavras de um homem de fé*.
2. *Mateus*, XI, 28.

XI

1. Esse sono profundo acompanha as manifestações divinas em *Gênese*, II, 21, e em *Samuel*, XXVI, 12.

2. A intervenção desse anjo anônimo lembra as descrições presentes em *Zacarias*, I, 9; *Ezequiel*, XL, 3 ss., *Daniel*, VII, 16, VIII, 16; IX, 21.
3. Encontra-se a forma "eis" mais de oitenta vezes em *Ezequiel*.
4. *Deuteronômio*, VI, 13; X, 20, e *Lucas*, IV, 8.

XII

1. A expressão "sois o protetor" é empregada dezenove vezes nos *Salmos*.

XIII

1. "Sublevam-se os reis da terra/Os príncipes conspiram entre si/Contra o Senhor e o seu ungido/Quebremos as suas cadeias/E lancemos para longe de nós o seu jugo." (*Salmos*, II, 1-3).

XIV

1. "O que habita nos céus sorri/O Senhor toma-os em escárnio./Depois, é irado que lhes fala/e com sua cólera os confunde." (*Salmos*, II, 4-5).
2. O tema da mão como sinal de Deus é inspirado em *Daniel*, V, 5.

XV

1. *João*, XIII, 1. A perífrase "Filho de Maria" para designar o Cristo é utilizada por *Marcos* (VI, 13).
2. A passagem dos "infelizes que choram sem que ninguém chore com eles" alude à *Epístola aos romanos* (XII, 15), aos *Lamentos de Jeremias* (II, 11 e IV, 4) e igualmente à história de Lázaro e do rico (*Lucas*, XVI, 20, 21).

XVI

1. *Lucas*, II, 14.
2. Citação igualmente extraída de *Lucas*, II, 14.

XVIII

1. O tema da necessidade da prece é recorrente nos Evangelhos. (V. *Lucas*, XVIII, 1.)

XIX

1. A inspiração vem da célebre passagem do *Emílio* (II) de Jean-Jacques Rousseau: "Compreendo que o rugido do leão assuste os animais e que eles tremam diante de sua terrível juba; mas se alguém já viu espetáculo indecente, odioso e risível, é um corpo de magistrados, guiados por um chefe, em trajes de cerimônia, prosternados diante de uma criança em cueiros à qual arengam em termos pomposos, e esta chora e baba como única resposta." (Michel Launay ed., Garnier-Flammarion, 1966, p. 105.)

XX

1. Cf. *Mateus*, VII, 15: "Acautelai-vos dos falsos profetas que se vos apresentam disfarçados de ovelhas, mas por dentro são lobos vorazes", e, adiante, versículo 21: "Nem todo o que Me diz: Senhor, Senhor, entrará no reino dos Céus."
2. Adaptação inesperada de *Lucas*, XVI, 24: "Envia Lázaro para molhar em água a ponta do seu dedo e refrescar-me a língua..."

XXII

1. *Mateus*, XI, 12.

XXIV

1. Cf. *Lucas*, XXI, 25: "Haverá sinais no Sol [...] e, na Terra, angústia entre nações aterradas com o bramido e a agitação do mar."
Quanto à imagem solar, Lamennais refere-se aqui também a Jean-Jacques Rousseau: "Ele é visto a anunciar-se de longe por dardos de fogo que lança à sua frente. O incêndio aumenta, o oriente parece todo em chamas" (*Émile*, III, ed. cit., p. 215).
2. Fórmulas escatológicas presentes em *Mateus*, XXIV, 33; *Marcos*, XIII, 29; *Lucas*, XXI, 31; *Apocalipse*, XXII, 20.
3. A inscrição fixada na Cruz indicava em hebraico, em grego e em latim: "Este é o Rei dos Judeus" para atestar o alcance universal da mensagem. Este capítulo XXIV, de inspiração messiânica, chama a atenção do leitor para os sinais que anunciam a renovação do mundo.

XXV

1. Segundo Yves Le Hir, este capítulo foi inspirado pela leitura de uma *Parábola* de Krummacher, traduzida pelo abade Bautain em 1821, *Hanna e Sulamita*.
"[...] Hanna instruía a filha no bem; ensinava a Sulamita como Deus dá vida às plantas da terra, como sobre elas verte o orvalho, como ergue seu sol sobre tudo o que vive e como concede aos homens tanto bem todos os dias. Além disso, contava-lhe histórias e sentenças dos Livros Sagrados e, enquanto falava, vinham-lhe lágrimas aos olhos. Então Sulamita dizia à mãe: 'Mãe, estás chorando!' Mas a mãe respondia sorrindo: 'Oh! Filha, a bondade e o amor de Deus são grandes demais para que um coração humano possa contê-los!' [...] Mas então sobreveio uma infecção maligna. Hanna caiu doente, e Sulamita, sua filha, também ficou doente de dor e preocupação. Então a mãe sentiu que ia morrer e disse a Sulamita, com um sorriso no rosto e ternura na voz: 'Querida filha, minha hora chegou; não desanimes; consola-te; o Pai que está lá em cima cuidará de ti'

[...] Mas o Anjo da Morte aproximou-se no raio dourado da luz da manhã; tocou as duas, libertou suas almas com suavidade, e Hanna e Sulamita se elevaram, no brilho do sol nascente, para um mundo mais belo."

XXVI

1. Cf. Fénelon, *Télémaque*, capítulo IV: "Aquele que jamais viu essa luz pura é cego como um cego de nascença; [...] morre sem jamais nada ter visto; no máximo enxerga clarões falsos e sombrios, sombras vãs."

2. Cf. Fénelon, *Traité de l'existence et des attributs de Dieu* [Tratado da existência e dos atributos de Deus]: "Há um sol dos espíritos, que os ilumina a todos, bem mais do que o sol visível ilumina os corpos." (Primeira Parte, Capítulo II.)

3. Fórmula introdutória das parábolas, de tradição rabínica, utilizadas por Cristo em *Marcos* (IV, 30) e *Lucas* (XIII, 20 ss.).

XXVII

1. *João*, VIII, 2.
2. *Mateus*, IV, 25; *Marcos*, III, 7.
3. *João*, VI, 15.
4. *João*, XII, 12, 13.
5. *João*, V, 16, 18.
6. *João*, V, 10.
7. *João*, VII; VIII, 48.
8. *João*, VIII, 48, 52; X, 33; XI, 47, 48; XIX, 18.
9. *João*, V, 2, 47; IX, I, 41; XIX, 15; *Lucas*, V, 16, 26; XVIII, 35, 43; *Marcos*, II, 1, 12; *Mateus*, IX, 1, 18, 27.

XXVIII

1. V. *João*, XVI, 2: "Aproxima-se a hora em que todo aquele que vos matar julgará prestar um serviço a Deus." Lamennais evoca aqui os tempos sombrios da Inquisição.

2. *Êxodo*, XX, 13.
3. *Lucas*, IX, 54, 55.
4. A metáfora da lama das praças públicas é freqüente nos textos bíblicos: *Salmos*, XVII, 43; *Isaías*, X, 6; *Zacarias*, IX, 3.

XXIX

1. Adaptação dos *Salmos* (XLVIII, 18) e do *Eclesiastes* (V, 14). Yves Le Hir observou que a frase final é uma tradução de dois versos que Lamennais gostava de citar: *Man wants but little here below/Nor wants that very long*", extraídos de *The Vicar of Wakefield*, de Oliver Goldsmith (1766).
2. A *Epístola aos gálatas* contém a expressão "lei de Cristo" (VI, 2.).
3. A Bíblia registra regularmente a ação de clamar por Deus para que ele ouça as preces.

XXX

1. Cf. *Mateus*, XXIV, 12: "E por se multiplicar a iniqüidade, a caridade de muitos esfriará." Quanto à mensagem de Deus confiada a seu servidor, ver *Jeremias*, XVIII, 5, 8, 11; XXVI, 2, 3, 4, 6; XXXV, 15; 3, 7.
2. "Sou objeto de contínua irrisão/e todos escarnecem de mim." (*Jeremias*, XX, 7.)
3. *Ezequiel*, II, 2; III, 14, 24.
4. "E o rei da Prússia veio e abraçou a nação polonesa e saudou-a dizendo-lhe: 'Minha aliada.' E já a vendera, por trinta cidades da Grande Polônia, como Judas vendera Cristo por trinta denários" (*Livre des pèlerins polonais, op. cit.*, p. 27). Ver também de Lamennais, *Essai sur l'indifférence* [Ensaio sobre a indiferença] (*op. cit.*, tomo I, p. 370): "[o homem] era comprado e vendido como gado vil: e, para abolir esse tráfico infame, foi preciso que Deus mesmo fosse vendido por trinta denários. Essa venda execrável foi o acordo para o nosso resgate."

5. Alusão às grandes explorações e à descoberta do Novo Mundo.
6. "O papa em questão é Borgia [Alexandre VI]." Carta à senhorita de Tréméreuc, *in* A. Roussel, *Lamennais, d'après des documents inédits, op. cit.*, tomo II, p. 138.
7. "As aves do céu e os animais da terra", construção encontrada em *Jeremias*, XV, 3, *Ezequiel*, XXIX, 5.
8. No momento de travar a batalha da ponte Milvius contra o imperador Maxêncio, Constantino viu uma cruz com mensagem idêntica a flutuar no ar.

XXXI

1. A origem da metáfora das mães, "vinhas que se carregam de frutos", está nos *Salmos* (CXXVI, 3).

XXXII

1. *Mateus*, XXIV, 28; *Lucas*, XVII, 37.
2. A identificação das "aves do céu" com os "homens da terra" é típica do estilo dos profetas.

XXXIII

1. Analogia com *A morte e o lenhador*, de La Fontaine.
2. *Gênese*, XV, 12. Sobre o "sono pesado", ver *supra*, cap. XI, nota 1.
3. A Inglaterra de Guilherme IV foi abalada por forte crise social entre 1830 e 1832. Também nessa época foi instituído o *bill* de coerção na Irlanda.
4. Alusão à sucessão de Fernando VII de Espanha, que morreu em 1833.
5. Os "dois lugares diferentes" designam o Brasil e Portugal. O desenvolvimento que se segue descreve a luta que opôs Dom Miguel e Dom Pedro, ambos filhos de Dom João VI, que morreu em 1826.

6. "Uma marca lívida... em torno do pescoço": trata-se dos enforcamentos de antigos aliados carbonários, ordenados pelo duque de Modena.

7. Lamennais ataca aqui o governo de Luís Filipe.

8. O sistema da "prisão dura" é descrito em *Minhas prisões* (1832), de Silvio Pellico, encarcerado por ordem de Francisco I da Áustria na fortaleza de Spielberg. Sobre as "duas jovens acusadas de prestar assistência aos irmãos feridos, num hospital ", ver o Prefácio do *Livre des pèlerins polonais* (*op. cit.*, p. LX): "Vede a Alemanha, humilhada, enganada, destituída de liberdade religiosa [...] sufocada pelo gênio dessa Prússia, cujo rei [Frederico Guilherme III] condena à prisão e ao confisco de bens as moças nobres de seu país, culpadas, como diz o decreto assinado pela sua augusta mão, de exercer a função de irmãs de caridade nos hospitais de Varsóvia."

9. Em abril de 1833, a Dieta de Frankfurt foi ameaçada por uma tropa sediciosa, liderada por alguns poloneses. Quanto às águias dilaceradas à beira do rio largo, trata-se dos movimentos revolucionários que agitaram os ducados de Parma e de Modena, na região do Pó.

10. "Havia no inferno um demônio horrível, nascido do acasalamento do orgulho com a impiedade, e seu nome era ASSASSINATO. Visto que espalhava o terror pelas regiões infernais e que, ao contemplá-lo, o próprio Satã sentia uma emoção estranha, como se o mal puro, essencial, infinito, tivesse passado diante de seu rosto, este o baniu de seus domínios. Exilado, o monstro assumiu forma humana e refugiou-se na terra: nela é chamado NICOLAU", esclarece Lamennais numa carta à condessa de Senfft sobre o tsar da Rússia (9 de maio de 1833).

11. "[...] na geena, onde nem o verme morre nem o fogo se apaga." (*Marcos*, IX, 43, 44.)

12. Os poloneses, depois do levante fracassado de 1831.

13. Cf. *Mateus*, XXVII, 51: "[Com a morte de Cristo] a terra tremeu e as rochas fenderam-se, abriram-se os túmulos e muitos corpos de santos que estavam mortos ressuscitaram."

14. À imagem da Torre de Babel (*Gênese*, XI, 4).

15. O pacto ao qual se alude diz respeito ao acordo secreto assinado pelo papa Grégorio XVI e pelo tsar Nicolau, que prometeu o auxílio da Rússia em troca do isolamento da Polônia. As linhas correspondentes à ação do papa – originalmente indicadas por pontilhado – só foram publicadas em 1837.

O "dia de Deus" é uma locução profética (*Isaías*, XIII, 6, 9; *Joel*, II, 1, 4).

XXXIV

1. Sobre a "Cidade de Deus", ver *Isaías*, LIV, 11, 12 e *Apocalipse*, III, 12.

XXXV

1. A expressão "Príncipe do mundo", com referência a Satã, encontra-se em *João*, XII, 31; XIV, 30; XIV, 11.

2. "Assim, os reis que renegaram Cristo criaram novos deuses, ídolos, e expuseram-nos à vista das nações e ordenaram que os adorassem e combatessem por eles. E assim os reis criaram um ídolo para os franceses e deram-lhe o nome de Honra [...] E o rei disse aos franceses: Erguei-vos e combatei pela Honra" (*Livre des pèlerins polonais, op. cit.*, pp. 10-11).

XXXVI

1. Sobre as expressões "baixar as cabeças", ver *Jeremias*, XXVII, 8; XLVIII, 39; "E sustentar os joelhos vacilantes"· *Jó*, IV, 4, *Isaías*, XXXV, 3; *Epístola aos hebreus*, XII, 12.

2. Cf. *Jeremias*, XX, 14.

3. Cf. *Jeremias*, II, 11, 12 e IV, 4.

4. As "leis eternas que desceram do alto" são inspiradas em Sófocles (*Édipo rei*, v. 865).

XXXVIII

1. *Gênese*, III, 19.
2. A intenção aqui é inversa à da parábola do joio, contada em *Mateus*, XIII, 25-40.
3. Cf. *Mateus*, VII, 24.
4. "Por isso, assim como os filhos participam do sangue e da carne, também Ele participou das mesmas coisas, a fim de destruir pela Sua morte aquele que tinha o império da morte, isto é, o Demônio, e libertar aqueles que, por temor da morte, estavam toda a vida sujeitos à escravidão" (*Epístola aos hebreus*, II, 14, 15).

XXXIX

1. Segundo Yves Le Hir, essa série (lavrador, artesão, comerciante, marinheiro, soldado), foi inspirada em Horácio (*Odes*).

XL

1. "A religião do medo será a última idolatria [...] Sempre fiquei impressionado com a passagem em que o apóstolo São João, enumerando os grandes criminosos a quem o inferno está reservado, menciona em particular os tímidos" (Carta à condessa de Senfft, 23 de julho de 1830).

XLI

1. Este capítulo retoma um tema literário comum, de Joachim du Bellay (*Regrets*) a Chateaubriand (*René*).

XLII

1. O número quarenta e dois, no qual o autor se deteve, é atribuído ao tempo de provação na Bíblia.

2. "Olho da carne" é locução empregada em *Jó*, X, 4.
3. Cf. *Apocalipse*, V, 6, 11, 9, 12; XI, 17; XIV, 3.
4. *Isaías*, IV, 3; *Apocalipse*, IV, 8. Comparar, em Dante, com o canto de Beatriz e dos outros espíritos celestes: "Santo, Santo, Santo." (*Paraíso*, XXVI.)
5. Esse último capítulo une-se ao propósito do primeiro na evocação de uma recriação universal.

IMPRESSÃO E ACABAMENTO

YANGRAF
GRÁFICA E EDITORA LTDA.
TEL/FAX.: (011) 218-1788
RUA: COM. GIL PINHEIRO 137